哈尔滨：鲜为人知的故事

НЕИЗВЕСТНЫЙХАРБИН

[俄罗斯]叶莲娜·塔斯金娜 著 吉宇嘉 译

H.P.H
哈尔滨出版社
HARBIN PUBLISHING HOUSE

图书在版编目（CIP）数据

哈尔滨：鲜为人知的故事／（俄罗斯）叶莲娜·塔斯金娜著；吉宇嘉译.—哈尔滨：哈尔滨出版社，2018.6
（哈尔滨记忆）
ISBN 978-7-5484-3938-7

Ⅰ.①哈… Ⅱ.①叶… ②吉… Ⅲ.①回忆录-作品集-俄罗斯-现代 Ⅳ.①I512.55

中国版本图书馆CIP数据核字（2018）第060804号

书　　名：哈尔滨：鲜为人知的故事

作　　者：[俄罗斯]叶莲娜·塔斯金娜　著　吉宇嘉　译
责任编辑：颜　楠　李金秋
责任审校：李　战
封面设计：孜闻书装坊
版式设计：哈尔滨今佳快印有限公司
封面绘画：[俄罗斯]亚·叶戈罗夫

出版发行：哈尔滨出版社（Harbin Publishing House）
社　　址：哈尔滨市松北区世坤路738号9号楼　　邮编：150028
经　　销：全国新华书店
印　　刷：哈尔滨市石桥印务有限公司
网　　址：www.hrbcbs.com　　www.mifengniao.com
E-mail：hrbcbs@yeah.net
编辑版权热线：（0451）87900271　87900272
销售热线：（0451）87900202　87900203
邮购热线：4006900345　（0451）87900256

开　　本：787mm×1092mm　1/16　印张：15.25　字数：164千字
版　　次：2018年6月第1版
印　　次：2018年6月第1次印刷
书　　号：ISBN 978-7-5484-3938-7
定　　价：80.00 元

作　者：[俄]叶莲娜·塔斯金娜

叶莲娜·塔斯金娜，1927 年出生于哈尔滨，著名中国俄侨历史文化专家。曾就读于哈尔滨基督教青年会中学，1954 年返回苏联。先后出版《哈尔滨：鲜为人知的故事》《俄侨心中的哈尔滨》《重走俄侨路》《俄罗斯人在满洲：生活的篇章》等著作，并发表百余篇研究远东俄侨历史文化方面的文章。

叶莲娜·涅杰利斯卡娅（1910—1980）

常常以为那不是梦中的幻影，
醒来时，
耳边回荡着哈尔滨教堂的钟声，
那就是我银装素裹的城。

就让稠李绽放在多尘的春天，
就让没有白雪的昼夜微风拂面……
生活的目标明确，才能充实地活在天地间，
我有机敏的头脑，可以从容地把铅笔削尖。

所有远去的岁月早已遁隐无形……
他乡的余晖却在眼里燃成晚霞彤彤……
我仿佛看到了美丽的蜃景，虽然尘埃迷蒙
但那就是我永远挚爱的城……

——于悉尼

叶莲娜·弗拉季（1927—1990）

在满洲的草原
有个城市坐落在山岗间，
无数的小路
穿过杨树林崎岖蜿蜒。

在遥远的中国
有个城市眷顾着眯眼人[1]的生活，
而今却如光芒散去
时常在我的梦中一闪而过。

在那儿的高粱地里
月亮在夜空低喃，
雉鸡在野径逃窜
那是我们年轻时的春天……

——于塔什干

①译者注：旧时欧洲人对中国人及东亚人的称呼，形容亚洲人的眼睛小。

中文版序

ZHONGWENBANXU

满洲这片土地，承载着一条中东铁路，也见证了许多重大的历史事件。首次出版描写俄罗斯移民和侨民在这里生活的书，已经是20多年前的事了。

哈尔滨，这个一系列重大事件的发生地，同样发生了翻天覆地的变化。今天，这座位于松花江畔的城市，完全是另一番景象。

20世纪40年代中期和50年代，俄罗斯人、波兰人、拉脱维亚人、犹太人等欧洲侨民陆续离开了这个他们曾经生活的地方，漂泊到世界的各个角落。他们的命运迥然不同，但难能可贵的是，20世纪生活在满洲的哈尔滨人、各国的历史学家和文学家都没有忘记这片神奇的土地！哈尔滨，这座在短时间内拔地而起的城市，没有被人们遗忘。她是俄语和英语小说的主题，她是纪录片和电影的宏大背景……

这座城市隐藏了什么秘密，她的魅力何在？在那个遥远的年代，第二次世界大战在欧洲和亚洲爆发，来自不同国家的人们又是如何在中国的这片土地上生活的？是满洲丰饶的物产把人们从饥寒交迫的困顿中解救了出来。但一定还有某些更重要的东西，使得这艘航船没有淹没在历史的长河里！

那些更重要的东西是什么呢？它引起了世界各国人民的关注，尤其是俄罗斯人和中国人。

作为本书的作者，我出生在哈尔滨，目睹和亲身经历了曾经发生的许多事。而今天生活在这里的中国本土居民，已经是年轻的一代。他们可以从历史的角度了解自己的故乡。书中收录的许多珍贵照片，能为他们提供帮助。

特别感谢本书的译者吉宇嘉女士。她为本书在中国的出版和翻译做了大量工作，付出了巨大的心血。在本书的翻译过程中，她曾两次亲赴莫斯科与我当面交流，核实书中描述的人和事。她出生在哈尔滨，熟悉哈尔滨的历史和俄侨史，又曾在乌克兰求学深造，攻读俄罗斯语言文学专业，这使得她能够领悟并翻译出书中的所有细节和微妙之处。书的内容并不简单，它涵盖了生活的方方面面。身为作者，我很幸运能有一位这样优秀的译者，她不仅能很好地诠释作品，更能用母语向中国读者讲述这个城市的历史——建于 20 世纪初的松花江畔，至今仍紧密联系着中俄两国的哈尔滨。

我真诚地希望，中俄两国的年轻一代在前人研究“老哈尔滨人（俄侨）”史的基础上，深入挖掘她深藏的秘密，向世人展示她的独特魅力，为中俄两国和两国人民的友好交流做出新的贡献。

借此中译本出版之机，祝愿哈尔滨市繁荣昌盛，希望大家不要忘记她的辉煌历史。

(ТАСКИНА)

叶莲娜·塔斯金娜

2018 年 1 月于莫斯科

译者序

YIZHEXU

《哈尔滨记忆》丛书出自哈尔滨出版社策划编辑的总体设想，入选的书籍，既要单独成册，又要求主要内容都是对哈尔滨的历史的回忆。丛书的作者既有中国人也有外国人，特别是曾经在哈尔滨生活过的外国侨民，构成了哈尔滨记忆的一个重要主体。《哈尔滨：鲜为人知的故事》入选该丛书恰恰契合了其设计初衷。

选择翻译《哈尔滨：鲜为人知的故事》这本书，首先是因为它不仅是中国俄侨历史文化研究方面最具广泛性和认知性的一本书，在哈尔滨俄侨中几乎人手一本，而且更主要的是在国内不容易读到，尤其是俄语原著的完整译本。虽然国内专家学者曾翻译和介绍过书中的个别章节，但完整地译介尚属首次。其次，翻译是一种对作品的再创作。译文各异，能从不同的角度诠释作品，也是学术研究追求创新的体现。再次，中国俄侨历史文化研究仍处于深入挖掘阶段，哈尔滨俄侨的著述为我国这一领域的研究，尤其为研究哈尔滨历史提供了重要的线索和弥足珍贵的史料。

本书讲述的是俄罗斯侨民在哈尔滨的那些鲜为人知的历史事件与故事。历史跨度从20世纪初的中东铁路建设、哈尔滨城市的兴起，到20世纪20年代哈尔滨成为远东俄罗斯侨民的文化中心乃至亚洲重要国际都市，20世纪30年代日本人占领东北，直至中华人民共和国成立后的20世纪50年代中期，大批俄侨离开哈尔滨。作者通过回忆思考并查阅大量珍贵资料，分别从历史、文化、教育和艺术等角度，讲述了时代与文化的十字路口，成千上万的俄侨在异国他乡的真实生活。本书文笔流畅，语言朴实，图文并茂，时空交错，许多鲜为人知的历史被还原，并在作者的笔下变得鲜活起来，使阅读变成了一次记忆与逝去岁月的重逢，具有很强的故事感和画面感。书中收录的50幅珍贵历史老照片，都是作者和译者精心收集整理出来的，与文字叙述相得益彰，希望能为读者再现当年哈尔滨的历史场景。

作者叶莲娜·塔斯金娜1927年出生于哈尔滨，曾就读于哈尔滨基督教青年会中学，1954年返回苏联，在中国生活了27年之久。如今她已91岁高龄，仍笔耕不辍。作者广泛收集现存于俄罗斯及世界各地档案馆、博物馆、图书馆、研究机构和大学中的有关史料，还与多名健在的历史见证者及其后代进行了直接交流，如摄影师科勃采夫的女儿、哈尔滨著名画家维拉·库兹涅佐娃－基奇金娜和著名舞蹈家谢拉菲姆·奇斯托金娜等，从他们那里得到了珍贵的第一手资料和不可多得的口述史料。

作为俄罗斯著名的中国俄侨历史文化研究专家，在俄罗斯出版了《哈尔滨：鲜为人知的故事》《俄侨心中的哈尔滨》《重走俄侨路》《俄罗斯人在满洲：生活的篇章》等著作，并在中国、澳大利亚和美国等国家发表了研究中国俄侨历史文化方面的文章60余篇。这些研究成果在俄罗斯及世界俄侨历史文化研究领域都占有一席之地，具有深远的影响。她的随笔、论文等在世界俄侨中反响强烈，掀起了研究中国俄侨历史文化的热潮。

在翻译本书的过程中，译者始终与作者保持密切的沟通，还曾两次与作者面对面交流，详细了解了《哈尔滨：鲜为人知的故事》《俄侨心中的哈尔滨》的成书过程，就书中的人物和事件听取了作者的看法和观点，核实了一些存在疑义的概念和词语。此外，由于资料不足，还向散居于俄罗斯、澳大利亚、美国、加拿大等国家的哈尔滨俄侨及其后代做了咨询，核实了书中的一些内容。

译者力求忠实原文，保留了书中某些带有殖民色彩以及美化历史事件和人物的内容，选择了直译。因此，在阅读本书时，希望读者能够用辩证和批判的眼光来看待这些问题。

本书在出版过程中，得到了国内外诸多人士的支持和帮助。特别感谢长期致力于传播中俄友谊，为中俄两国交流与合作做出卓越贡献的黑龙江省政协主席杜宇新先生。是他建议将本书出版，可以这么讲，没有他的鼓励和支持，就没有本书的面世。他是文史研究领域的耆宿，兼有历史眼界和文化胸襟，对书中所写的时代和家乡哈尔滨有着更为深刻的了解，因此能见人所未见。他通篇阅读了本书的译稿并提出了宝贵的修改意见。感谢哈尔滨出版社社长陈春林先生、总编辑颜楠女士对本书的出版给予的大力支持。在策划和编辑过程中得到了李金秋先生、马丽颖女士的热心帮助，在此一并表示感谢。

尤其要感谢作者叶莲娜·塔斯金娜女士，在此书译文已交稿后，她还认真地提出了修改意见。其严谨治学和勤勉务实的态度令人肃然起敬。在此，我也向远在俄罗斯、澳大利亚、美国和加拿大等国家的国际友人、专家学者表示真诚的谢意，他们在本书的翻译过程中给予了无私的帮助。感谢俄罗斯著名画家亚历山大·叶戈罗夫先生，他为本书封面创作了精美的图画。

翻译工作是一项永远也达不到尽善尽美的苦差事。由于译者自身学识所限，翻译过程中的误读、遗漏都在所难免。恳切期望和真诚欢迎专家学者以及广大读者批评指正。

吉宇嘉

2018 年 1 月于哈尔滨

前　言

QIANYAN

每当我翻看一本新书或浏览一部文集时，哪怕文中仅仅提到“俄侨的哈尔滨”[①]这几个字，都会令我不由自主地激动起来。这个远在中国独守着俄罗斯文化的孤岛，我生于斯又长于斯的城市，人们是怎样描绘她的呢？我那已经阔别40余年的哈尔滨……

哈尔滨，在我们的国家描写她的文字是那么少。不过，这也没什么可奇怪的，因为出版界才刚刚开始发行讲述远东侨民的资料，这些资料中也涉及了俄罗斯的侨民。哈尔滨的形象就是这样的：她诞生在20世纪初，因中东铁路建设而兴起。多年的“粗俗的政治画面”“白军的窝点”，这些形象掩盖了这座独一无二的城市的其他方面。

---

①译者注：“Русский Харбин”，俄语直译为“俄罗斯的哈尔滨”，这容易使读者误解为哈尔滨是属于俄罗斯的。但经译者与作者多次探讨后确认，这里所说的“哈尔滨”是指当时在此生活的来自各个国家讲俄语并深受俄罗斯文化熏陶的居民心目中的哈尔滨。因此，“Русский Харбин”翻译成“俄侨的哈尔滨”更能表达作者的本意。本书中其他章节出现本词组的一概做此处理。

哈尔滨的这个形象（正如不久前出版的娜塔莉·伊利因娜[1]的小说《回家》中所再现的一样）好像多年来还一直深深地扎根在那些远离那个时代又没有到过那里的人的意识里。20世纪70年代有一篇博士论文论证说，哈尔滨的“丘拉耶夫卡”（Чураевка，文学艺术创作联盟，产生了整整一代俄罗斯诗人）是为了“与苏联文学做斗争”而成立的。20世纪80年代，某期厚厚的俄罗斯杂志把哈尔滨比作“俄罗斯侨民的地下室”等等，还能举出许多类似的例子。

在小说等文学作品里、在荧屏上，哈尔滨会经常出现在惊险的题材中。“强盗之城”！追捕、骗局、放纵、夜总会里卖弄风骚的妓女和醉醺醺朝天花板开枪的军官……在这类作品里，哈尔滨只是阴谋的背景、罪恶的渊薮……

而在那些题材严肃的作品中，人们首先读到的是红胡子、钢琴家卡斯普（Каспе）被绑架杀害案、诗人格拉宁（Гранин）和谢尔金（Сергин）自杀事件或一小撮俄罗斯法西斯党成员……

哈尔滨的名声被归结为“豪放不羁的夜总会”“带有庸俗下流表演的小餐馆”和“普遍的腐败”！

然而，这座城市在20世纪20年代就被誉为远东俄罗斯侨民的中心。在这座美丽的城市里，有众多教堂的穹顶，有俄罗斯社会的启蒙教育，更有丰富的音乐戏剧生活，这才是第二代，甚至是第三代成千上万的俄罗斯侨民生长的土地。而政治冒险和大事件的不祥阴影同样浓重地笼罩着俄罗斯侨民居住的哈尔滨。

我认为，作为1945年8月所发生事件的见证者——那些军官和记者在近几十年出版的回忆录，才首次以不同观点再现了满洲俄罗斯侨民的命运。他们给出了尽管贫乏但基于事实的有关俄罗斯人的权威信息。由于各种原因，他们流落异乡，在复杂的生存条

---

①译者注：娜塔莉·伊利因娜，Наталья Ильина（1914—1994）。俄罗斯著名作家、记者。她曾先后在哈尔滨、上海生活工作了27年，著有多部描写中国的图书和文章。她在自传体小说《回家》（《Возвращение》）中描写了俄罗斯侨民在异乡的艰难生活。

件下保留了母语和自己的文化；在保卫哈尔滨指挥部的领导下，满怀爱国主义情怀的俄罗斯青年手持武器参加1945年8月的重大事件。

1990年至1991年，在俄罗斯出版了加·尼·罗曼诺娃(Г.Н.Романова)、戈·瓦·梅列霍夫(Г.В.Мелихов)撰写的若干关于哈尔滨初期的经济和历史的书籍，发表了有影响力的文章，还有诗集《没有莫斯科，就没有俄罗斯》和文集《哈尔滨——俄罗斯之树的一个分枝》等具有文化遗产价值的作品也相继问世。娜塔莉·伊利因娜创作的回忆录性质的文学作品《铁路与命运》也再版发行。在祖国也出版了俄侨作家彼·巴拉克申(П.Балакшин)和美国历史学家约翰·斯蒂芬关于远东侨民的政治生活的书籍。那时，在某种程度上还可以接触到弗·彼得罗夫(В.Петров)、瓦·别列列申(В.Перелешин)、叶·拉钦斯卡娅(Е.Рачинская)、季·热姆丘日娜娅(З.З.Жемчужная)、尤·戈拉乌泽(Ю.Граузе)等侨民作家的作品。

但时至今日，对于广大读者来说，“俄侨的哈尔滨”的科技和文化生活，以及她在时代与文化的十字路口的生存经历，还远未引起人们的注意。对哈尔滨的这些方面有所知晓的人还为数不多，目前仅限于历史学家和散落在世界各地的曾经的哈尔滨人。

还有很多老哈尔滨人，如今生活在俄罗斯、澳大利亚、美国、加拿大、波兰和以色列。但是不管身处何方，他们都在各自居住的城市里依旧珍藏着那些感人的记忆。

而作者本人心中也同样始终保存着对“俄侨的哈尔滨”的美好记忆。这本随笔展示给广大读者的是“俄侨的哈尔滨”以往形象的一些新特征。希望这本书能对恢复和如实再现她那独特的历史文化风貌有所帮助。

1994年于莫斯科

目　录

MULU

铁路与城市:开端

1898 年 5 月,“布拉戈维申斯克”号轮船满载着人员、食物和建材,从阿穆尔河(黑龙江)下游的哈巴罗夫斯克(伯力)出发了。随船同行的还有中东铁路管理局的成员。据回忆,尽管这次航行并不十分轻松,但“布拉戈维申斯克”号还是很快就抵达了松花江畔的目的地。6 月 11 日,岸边停靠的轮船和俄罗斯的旗帜、帐篷赫然出现在人们的视野里。这正是几天前抵达这里的俄罗斯“圣因诺肯季”号和第 9 工务段的工作人员。

从那时起,历史就翻开了新的一页:一个崭新的城市——哈尔滨由此诞生。6 月 11 日被确定为哈尔滨的诞生日,因为在这一天开始了铁路和城市的建设[①]。

①译者注:此为俄罗斯人的观点。

这个由帐篷构建的"小城",就坐落在江岸边窄窄的土堤上。江的右岸，混浊汹涌的江水带着巨大的漩涡不停地冲击着崎岖不平的江岸。

彼得·斯捷潘诺维奇,我的祖父,就在这刚刚抵达的人群里。他当时在周围看到的是什么景象呢?

南边是宽阔的沼泽和洼地，零星散落着几座中国人居住的房子、一片片小块的菜地和一簇簇杂乱生长着的榆树。再往远处是一个坡度较缓的土岗——那里很快就成为了未来哈尔滨的中心。

江的左岸地势低洼,满目苍凉,那里是一片沼泽。顺着左岸向远处望去,江岸仿佛在宽阔的河流中消失了。

西边是一望无际的宽阔平原,有数不清的湖泊和小水洼。

就是在这样恶劣的自然条件下，无论是在建设的规模上还是难度上,最大的工程翻开了里程碑式的第一页。

铁路建设场景

我对铁路及其枢纽站——哈尔滨的记忆是从20世纪30年代开始的。那时的哈尔滨到处都是工地，城市建设在有条不紊地进行。人们用钢铁修筑了铁路，城市的经济活动和文化生活随之繁荣起来。铁路犹如律动的脉搏为城市注入了勃勃生机。当时，我还无法去评论铁路和城市缔造者们的这些杰作。多年后的今天，我却看到了许多别样的东西，许多让我感到震撼的东西，像当时铁路建设的规模、精准度和速度，的确令人赞叹。

铁路修建得坚固结实，站舍则实用而气派。那时就已经考虑到了乘客的高档次需求，车厢分出各种等级，有豪华舒适型列车，有游览车厢、餐车等等。列车的时速达到了每小时70俄里[①]！这可是在那个年代啊!

在那个遥远的年代，如此浩大的工程是怎么实现的呢?无论是建设规模、工程质量，还是建设速度，都使其被后世赞誉为世界上最宏大的建筑工程。

首先，有必要对中东铁路项目的来龙去脉做一个简要的介绍。

俄罗斯修建铁路的最初设想是，沿着阿穆尔河河岸勘测，使已经在建的西伯利亚铁路直接通向太平洋沿岸。然而，经过勘测，若按最初的设想将西伯利亚铁路沿阿穆尔河河谷一直修到哈巴罗夫斯克，将面临重重困难。这其中包括沿线的复杂地形和地质结构，以及每年季风雨带来的河水泛滥等诸多不利因素。为使西伯利亚铁路的线路更短，使其更便捷地连接符拉迪沃斯托克，随后提出了将铁路直接通过满洲的方案。

①译者注:俄里(верста),俄制长度单位,1俄里等于1.0668千米。

1896年，李鸿章率领清政府代表团赴俄国参加尼古拉二世的（Николай II）加冕仪式。借此机会，财政大臣谢·尤·维特（С.Ю. Витте）想方设法，摆脱多国竞争，解决了租借满洲铁路的问题。

在中国政府原则上同意后，俄方迅速开始寻找施工线路。有关中东铁路的所有史料都记载着这样的事实：在最恶劣的条件下，工程勘测仅用了短短不到三年的时间即告完成。而在同等的自然条件下，加拿大太平洋铁路的线路勘测工作则用了10年的时间（1869—1879年）。

1896年9月8日，刚成立一年的华俄道胜银行（Русско-китайский банк）与中国政府签署了建设和经营中东铁路的协议，把铁路的建设工程委托给专门成立的中东铁路公司。该公司获得了法律授权，负责管理铁路附属地[①]范围内的所有事务。

1898年完成了最初的勘测工作。建城地点选在了松花江和其支流阿什河的交汇处。据曾任俄罗斯驻满洲总领事的弗·费·柳巴（В.Ф.Люба）的回忆："沿松花江抵达的第一批工程师——中东铁路建设者们，带着简单却责任重大的任务，沿着松花江为未来的哈尔滨寻找城址，而原有的老城里只有当地的富商恩喜三的白酒厂和几十座中国老房子。"[②]

最初，他们住在租来的中国人的房子里，也有人住在用草席搭起的板棚里，当然还有住帐篷的。铁路工程局开始办公……

紧跟城市行政中心建设的脚步，沿江岸一带的建设也蓬勃开

①铁路附属地为铁路沿线的铁路用地。在1920年前，这一地带，设有俄罗斯机关，包括行政管理机构、警察局和法院。
②《生活新闻》报，1927年纪念特刊。

展起来，此后这个区域成为城市的商贸区——埠头区[1]。这里聚集了公司、银行、国内外商铺（企业）的代表处。而城市的行政中心所在区域随后被命名为新城区[2]。

20世纪初的明信片记录了这座欣欣向荣的城市令人向往的前景

在满洲寒冷的冬天，人们只能住在帐篷和草棚里。尽管天气复杂多变，铁路建设依然如火如荼。这里没有现成的道路，没有准确的地图可供使用，只有些泥泞崎岖的羊肠小道，且远离工业中心。尤其是大部分的劳工都是中国人，这带来了一定程度上的语言障碍，而所有这些都严重影响了建设的进程。

此外，筑路大军还经常遭到红胡子的骚扰，中国政府对此也无能为力。这就需要俄罗斯人在修建铁路时要在沿途安排保卫人员。此外，还得投入大量的精力与通常在夏末雨季爆发的伤寒和霍乱等疾病做斗争。由此，可以想象当时筑路建城的工作面临着怎样的困难与艰辛。

中东铁路建设者们还经历了令人紧张的历史事件：1900年爆发的义和团运动。在“扶清灭洋”的口号下，义和团破坏铁路和欧式建筑，销毁外国货。

在中国刮起的破坏之风席卷了中东铁路的附属地。愤怒的浪

①译者注：埠头区，今哈尔滨市道里区。
②译者注：新城区，今哈尔滨市南岗区。

潮波及了作为铁路劳工的中国人。为了保护财产，许多俄罗斯士兵起来抵御攻击和破坏。据官方统计，损失估计为7000万卢布(后来，中国政府补偿了这项损失。因为根据中俄协议，中方应为建设提供安全保障)。

尽管面临这些困难，经过5年的辛勤工作，1903年7月1月，基础工程基本完成，中东铁路工程局交工2373.27俄里。

从这天起，每周两班的客运特快列车从莫斯科的库尔斯克火车站出发，沿着中东铁路开往遥远的东方。从那时起，哈尔滨成为重要的铁路枢纽和整个中东铁路附属地的行政中心。

我就出生在这个城市，并在这里度过了我的童年和青年时代。有关这个城市20世纪初的情况，最初我都是听家人讲述的。我的祖父常讲起这里的日常生活和发生的各种事件。他是来自扎巴罗日的哥萨克，与其说他愿意常常讲哈尔滨当地的生活，不如说他更喜欢描绘自己的故乡，一说到波尔塔瓦省的传统、习俗和节日，他便能如数家珍般地娓娓道来。

祖父讲述的那些事儿，我多少还有些记忆。可想而知，到遥远的满洲工作是件多么不容易的事。那是一个鲜为人知的地方，路途遥远，令人望而却步。在那个年代，对于俄罗斯欧洲部分的居民来说，西伯利亚已经算是世界的尽头了，就更不用说满洲了。

1898年，我的祖父34岁。我始终不知道，他为何从故乡克里米丘克来到遥远的远东，随后又到了满洲。究竟是什么吸引了他？是因为未知的远方充满浪漫色彩，令人向往？抑或是为了追求财富，改善生活？还是为改造世界，实现自我的人生价值？然而，现在这一切已经无从得知了！

祖父在满洲的全部生活都与铁路息息相关。从它的最初修建到 1935 年苏联政府把中东铁路卖给日本人，祖父都亲身经历了。也就在路权易手的同年,他拿到了退休证。直到 1950 年祖父去世，他始终都是一副铁路工人的打扮，身上不离那套黑呢子制服,头上戴着有绿色滚边的大檐帽。

在中东铁路建设者队伍中有大约 5000 名俄罗斯人,他们是工程技术人员、职员和专业工人。

劳务工人主要来自中国各地,大部分来自芝罘岛[1]和天津。

当时,总共有 20 多万人参与了中东铁路和哈尔滨这个行政中心的建设。在那个没有现代化设备的遥远年代，这个数字生动地说明了建设规模有多么宏大。

中东铁路和哈尔滨的首批建设者们,他们是谁？他们来到这里,语言不通,起初也没有自己习惯的文化娱乐生活,远离亲人和朋友,且自然环境恶劣,他们是怎么生活的呢？

俄罗斯的旗帜猎猎飞扬，
哥萨克的方言围绕着拴马桩，
一切都与往昔毫无干系，
俄罗斯的命运原本如此。

敞开的大门里
有行色匆匆的工程师，

①译者注：属于山东烟台。

军用水壶和士兵手中的卡宾枪，
荒原上将耸起一座俄国式的城市，
哈尔滨就是它的名字。

没有小道如羊肠，
亦没有通衢达四方，
有的是热忱高涨，
还有三脚仪，
伴着脚步蹒跚在原野上。

俄罗斯军威浩荡，
二百年后的东方，
难道不会再次迎来
彼得大帝迟到的马蹄响？

当时哈尔滨诗人阿尔谢尼·涅斯梅洛夫（Арсений Несмелов）就在这样一首诗里描述他眼里的哈尔滨。

的确，最初一切都是非常艰难的。但这又是多么不可思议啊，这座城市竟然这么快就建成了。诗人创作这首诗的时候，城市里已经有了现代的建筑物，有了工业、企业。随后，俄罗斯人、中国人和其他国家的人开设的许多商铺和银行出现在城市的大街小巷……当然，这都是后话。

在此之前，哈尔滨和整个满洲地区一样还将经受很多考验：日俄战争、鼠疫（黑死病）、第一次世界大战的余波和俄罗斯革命

20 世纪初的埠头区（现道里区）

的风暴、世界经济萧条以及其他的劫难……

整理 20 世纪的老照片，那上面的面孔是早已逝去的人们。有一张集体照，上面是从彼得堡来到满洲的马林斯基红十字会成员，有男有女，他们都是护士。在遥远的满洲，他们用自己的双手呵护了谁？他们在当时频发的瘟疫中又救助了多少人？我只知道，医生在面对病人时不会因为他们的民族不同而心生差别。秉承高尚的人道主义精神，他们在诊疗中尤其善待当地的病人，对患者无条件地加以救助。这些都被人们多次提及并记载在了中东铁路的历史文献中。

另一张照片上，是些知识分子模样的男士，他们站成半圆，尽管没穿外套，但依旧气质高雅。他们是建筑工程师，当时正在游玩。他们摆成这样的造型是不是在玩击木游戏？我真的很想知道，他们在这儿都建造了些什么呢？

据史料记载，参与街道建设的第一批工程师、施工人员和规划设计师大多来自彼得堡。这些街道的名称就是证明：花园街、第一蹚子街、第二蹚子街、第三蹚子街、大直街[①]、十字岛等等。

①译者注：当时的彼得堡就有上述这些街道名称。花园街，现哈尔滨市南岗区花园街。第一蹚子街、第二蹚子街、第三蹚子街，分别为现道里区经纬头道街、经纬二道街、经纬三道街。大直街，现南岗区西大直街和东大直街。

中东铁路管理局最初设在彼得堡。顺便说一句，这从一开始就深受批评和诟病。人们都说，中东铁路管理局的高级管理人员处在欧亚大陆的另一端，最多不过是透过满洲特快列车的车窗来了解铁路建设的需求和他们那些远在天涯的职员。

铁路和城市与哪些人休戚与共、息息相关呢？

翻看一本本记录20世纪历史的厚重资料，我的目光不能不停留在那些载入史册的名字上。他们曾为工程建设提出卓有实效的建议，为筑路建城殚精竭虑、呕心沥血，他们凭借超凡的组织才能，保证了铁路的顺利完工。以下是他们中的代表人物：

勘测队队长亚·伊·希德洛夫斯基（А.И.Шидловский）

中东铁路建筑工程师亚·约·尤戈维奇（А.И.Югович）

大连建筑工程师弗·瓦·萨哈罗夫（В.В.Сахаров）

桥梁建筑师亚·尼·连托夫斯基（А.Н.Лентовский）

兴安岭隧道建筑师尼·尼·博恰罗夫（Н.Н.Бочаров）

区段段长弗·伊·亚历山德罗夫（В.И.Александров）

弗·谢·伊万年科夫（В.С.Иваненков）……还有许许多多像他们一样杰出的人物。

1903年在铁路正式通车后，俄罗斯政府任命德·列·霍尔瓦特（Д.Л.Хорват）为中东铁路管理局局长，他当时是铁路附属地的总负责人。

而在哈尔滨本地比较有名的是建筑工程师阿·克·列夫捷耶夫（А.К.Левтеев），他是中东铁路中央医院和圣尼古拉大教堂的建造者。此后，参与哈尔滨建设的还有工程师柴可夫斯基（Чайковский），随后是奥布洛米耶夫斯基（Обломиевский），他是

中东铁路管理局，建于 1902 年（位于南岗区西大直街 51 号，现为哈尔滨铁路局）

城市中心——新城区的建造者。他负责建成了中东铁路管理局大厦、中东铁路护路队保安办公楼、中东铁路商务学堂和中东铁路宾馆等。

那段历史的直接见证者和参与者给我们留下的记录和回忆实在是太少了！

尼古拉·阿波罗诺维奇·巴依科夫（Николай Аполлонович Байков）（1872—1958）写的文章和书籍就是其中的见证之一。他的简历十分有意思：军人、自然科学家、作家，随后又被誉为当地独树一帜的歌唱家。1901 年他赴满洲出差，此后人生的大部分时间都在满洲度过。

他的回忆录帮助我们找回了对 20 世纪初哈尔滨的记忆。

“在那个遥远的年代，”他这样写道，“哈尔滨还是个没有开发的空旷平原，到处都是长满了野草的荒原和草墩密布的沼泽地。有人生活的区域则集中在老哈尔滨[1]”。

根据当时的编制，边区有500名军官和各个兵种的25000名士兵。连长由在部队服役了一段时间且富有经验的军官担任。那时，边防站经常会遭到与红胡子勾结的中国土匪游击队的袭击。

尼·阿·巴依科夫接着写道，在与副官交谈半小时后，军区长官决定录用他。他马上就领了任务，取了前往坡沽拉尼恰纳站[2]的火车票和向那里运送60普特[3]衣物的派工单。

“当天午饭后，”他继续讲述道，“我和妻子前往老哈尔滨的秋林公司分部，购买了生活必需的家具、餐具和食品。商店为我们打好包装，然后，凭派工单发到坡沽拉尼恰纳站。”

前面说过，1903年中东铁路正式通车了。可是，到了1904年到1905年[4]，刚投入使用的铁路就面临着严峻的考验。战争一开始，铁路上的商业运输就基本停止了，只保留了军需运输。这需要所有铁路员工在工作中既要确保运输安排的精准性，又得根据军情随机应变。为此，他们付出了巨大的努力。

当时的形势复杂多变，很多路段还在施工，建材十分短缺，急需钢轨、道岔、道钉等。由于滨海州和关东半岛被日本人占领了，因此供应经常中断，而西伯利亚铁路仅能满足军事运输的需要。劳工人手急缺，甚至都到了要额外招募几千名可靠的俄罗斯工人的地步。

彼·谢·季申科（П.С.Тишенко）在回忆录中这样写道，经过近

---

①译者注：老哈尔滨，今哈尔滨市香坊区。
②译者注：东清铁路东线滨绥铁路旧站名，现为绥芬河站。
③译者注：普特（Пуд），俄国旧重量单位，等于16.38千克。
④译者注：此处所指的是日俄战争（Русско-японская война）。1904年到1905年间，日本帝国与俄罗斯帝国为了争夺中国辽东半岛和朝鲜半岛的控制权，而在中国东北的土地上进行的一场帝国主义列强之间的战争。以俄罗斯帝国的失败而告终。

6 周漫长旅途的折磨，新招募的工人和参战部队穿越西伯利亚，来到了这片陌生而艰苦的地方。根据铁路员工的回忆，士兵和军官们，特别是大多数军官，经常会向铁路员工泄愤，借以表达他们无法容忍这里的一切。有时军官们甚至强人所难，提出各种各样的无理要求。

铁路干线的复杂形势和困难导致了俄罗斯军队在南满的失败，军队整体向北撤退。想象一下在这条“生命线”上发生的一切吧！只在短短的几小时前才做出撤退的决定，而在终点站上停靠着的是数以百计的满载军粮、防寒服、伤员和货物的车厢。敌人马上就冲到眼前，要在极短的时间内迅速撤退。首先要撤离的就是伤员，通常每次都是在日军的隆隆枪炮声里完成撤离任务。战时车厢明显不够用，那些还在路上运行而且急需修理的车厢也迟迟得不到维修，因为设在哈尔滨的中东铁路大修厂尚未建成。

铁路所属的船队在运送货物和人员的过程中发挥了巨大作用。由于市里没有足够的军用医院，被迫把几艘轮船改装成水上医院。

应当说，在日俄战争期间中东铁路的建设者和管理者们的确是值得称赞的。据 1914 年《中东铁路历史纪实》记载，战争期间，铁路上没发生过一起事故，他们扎实稳健的工作有力地保障了军队的战斗力。

对于哈尔滨这座城市本身来说，这场战争究竟意味着什么呢？战争的意义不仅在于客观上促进了城市的发展，还带动了整个地区的工业进入一个新的发展阶段。尽管这个结论听起来很奇怪，但军队对食品和生活必需品日益增加的需求，确实刺激了工商企业的迅速扩大。面粉厂、榨油厂、肥皂厂、酿酒厂和生产各类消费品的作坊如雨后春笋般大量涌现。就这样，哈尔滨这座新兴的城市以神话般的速度崛起。

战争带来的另一个后果是,中国居民从战争中被摧毁的南满地区迁到了北部，难民的落脚点首先就是北部的松花江流域。人员的大量涌入不仅加大了对工业品的需求，同时，还促进了该地区农业的发展和铁路沿线附属地内加工业的快速增长。

1905 年,日俄战争结束,俄罗斯战败。铁路管理机构必须做出大幅调整,且面临巨大的变革。根据日俄签订的《朴次茅斯和约》,中东铁路南线 715 公里划归日本人掌控。当时俄罗斯建设起来的大连市和大连港都落到了日本人的手里。这座城市对于铁路来说具有极其重要的社会经济意义。满洲南部的营口、奉天[①]以及辽宁的其他城市也被日本人占领，这些地方人口最密集，拥有丰富的自然资源,是当时的贸易中心。

1906 年,中东铁路管理局高层发生了很大的变化。1 年后,仅存的军事管理模式也撤销了。

在城市里,战后的生活充满了矛盾。一方面是经济衰退,军队撤走了，市场需求也随之大大减少，靠军需发大财的机会越来越少。在这个时期,由于没来得及出售那些战时大量购进的存货,许多企业家都宣告破产。到了结算货款的期限,因为手里没有现金,许多人便赔本抛售库存。另一方面,战争结束了,城市的生活也逐渐步入了正常轨道。哈尔滨开始向阿穆尔河沿岸地区出口米面,

①译者注：奉天,沈阳市旧称。

而大豆和麦子也开始向世界出口。在欧洲开始出现对豆油的需求。作为饲料，榨完油后的豆粕受到特别的青睐，这种副产品随后也在国外市场热销。

1908 年，俄罗斯在满洲的合法地位问题得到了解决。许多铁路建设者定居于此，他们给铁路沿线的附属地带来了不一样的文化、语言和特有的生活方式。对于城市居民和中东铁路管理局来说，最轰动的事件就是在满洲里、海拉尔和铁路沿线附属地的其他城市开始实施行政管理自治。

而此前，中东铁路管理局基本上要对铁路沿线附属地内的所有居民承担全部责任。随着中东铁路投入运营，经济逐步发展，中东铁路管理局的职能也在增加。这其中就包括治安管理，为此设立了警察局、法院和监狱；基础设施建设和管理，如建设和管理电站、实行土地规划、发展建材业；同时，还对边区的农业和畜牧业发展做出安排，并勘测和使用当地的原材料以及开发应用技术等等。

在中东铁路运营的最初阶段，中东铁路管理局的职能还包括城市和铁路沿线附属区域的卫生监督。俄罗斯居民，尤其是中国居民数量大增，需要建立医院，进行卫生教育，还要无休止地与传染病做斗争。应该说，满洲的卫生防疫技术是很不发达的，几乎每年都会发生流行性斑疹伤寒、肠胃伤寒、狂犬病、霍乱以及牛马等大牲畜和禽类的疫情。

1910 年鼠疫爆发。最初鼠疫是从蒙古东北部传来的，随后在满洲西部地区蔓延，但疫情没有马上被发现。当满洲里站和扎赉诺尔煤站发生大范围人员死亡后，才开始公布疫情。接着就紧急关闭了各车站的候车室，并采取了预防措施。

在哈尔滨，有记载的首例鼠疫发生在当年的10月。鼠疫的威胁不仅在中东铁路管理局引起了空前的恐慌，这一消息也迅速传遍了全世界。

“全世界最伟大的医疗力量汇集在哈尔滨，与曾在中世纪同样肆虐欧洲的疫情做斗争，”叶·赫·尼鲁斯（E.X.Нилус）在1927年回忆道，“也正是由于这支特殊力量参加到抗击鼠疫的战斗中，抗击鼠疫才取得了可喜的成效。疫情在相对较短的时间内得到了控制，并很快把鼠疫驱逐到满洲境外长达10年（1920—1921年鼠疫疫情第2次出现，但规模较小）。”①

在那场与疫魔做殊死搏斗的战斗中，有35名勇敢的俄罗斯医护人员在工作岗位上献出了宝贵生命，他们的英名将永载史册。在长达3个月的漫漫寒冬里，鼠疫共夺走了10余万中国当地居民的生命。

中东铁路管理局投入了巨额的资金用于抗击鼠疫，并采取了最严格的监控措施：几乎每天都对各车站及附近村庄的居民做疫情监控；对疑似染病者立刻隔离；对因染病而死在家里的人进行火化。防疫的措施还包括：在村子里搭建专门的预防鼠疫的临时板棚，为疑似患者提供全部生活供给；禁止直接饮用天然水源的水，在某些地区投入消防队，保障生活用水；迅速修建免费浴池；设立专门的洗衣房……甚至为一些居民建了临时安顿所，他们的房子因为感染了鼠疫而被医疗卫生部门烧掉了。

①《生活新闻》报，1927年纪念特刊。

由于铁路管理部门的大量物资投入，以及医护人员的良好组织能力和无私忘我的奉献和努力，人们最终战胜了可怕的鼠疫。

潘·瓦·科勃采夫用电影胶片记录了这一历史事件，并在世界上很多国家放映过。

潘捷列依蒙·瓦西里耶维奇·科勃采夫（1864—1935）

潘捷列依蒙·瓦西里耶维奇·科勃采夫（Пантелеймон Васильевич Кобцев），俄罗斯远东电影的先驱者，于1905年旅居哈尔滨。他不仅仅是因为拍摄抗击鼠疫的影片而闻名于世，他还是那个年代另一富有戏剧性的历史事件的见证人。1909年朝鲜革命者[①]在哈尔滨火车站刺杀了来满洲与俄罗斯财政部部长弗·尼·科科夫切夫（В.Н.Коковцев）会面的日本枢密院议长伊藤博文。潘·瓦·科勃采夫是专门为拍摄欢迎伊藤博文场面而安排的摄影师。他所拍摄的当时刺杀情景的影片轰动一时，也在全世界广为传播。

在科技发达的今天，不管拍摄的是浩渺无垠的太空，还是宽广深邃的大海，人们对最震撼人心的场面和精美绝伦的画面都已习以为常了。但是很难想象，在20世纪初历史纪录片的拍摄者们是如何拍摄了最初的那些片子。

那时的摄像机都很笨重，不知是谁给摄像机取了个恰如其分

①译者注：指朝鲜义士安重根。

的名字——“骆驼”，而电影胶片则全部是手工冲洗的。这要求摄像师在拍摄时要有很大的耐心，并能敏锐地捕捉到现场那千载难逢的瞬间；在冲洗胶片时则要有足够的细心和精湛的技术。他们要冲洗的胶片有成百上千米长，对灰尘和泥土极为敏感，可他们就像科勃采夫那样打破常规，通常是在家里而不是在专门的冲印室里完成了冲洗。

即便条件有限，他们还是在拍摄，也因此为我们留下了宝贵的遗产：丰富的摄像经验和大量的电影资料。正是这样，现在我们才有机会带着浓厚的兴趣细细地翻看这些记录着遥远过去的老照片和电影老胶片。

但令人感到遗憾的是，科勃采夫拍摄的影像资料只有一小部分得以保存在俄罗斯资料库中。他拍摄的珍贵胶片，包括记录着 1909 年在哈尔滨发生的刺杀事件的胶片，当时都被带到日本去了。

不久前，我找到了科勃采夫的女儿加林娜·潘捷列依蒙诺夫娜。她在第二次世界大战后返回了祖国。她父亲曾经拍摄的纪录片没有保存下来。但从她的口中我听到了很多关于当时哈尔滨建城的故事。我在他儿子尼古拉·潘捷列依蒙诺维奇那儿找到了几幅珍贵的 20 世纪老照片，并收录在本书中。

在 20 世纪最初的 10 年间，尽管哈尔滨经历了战争和鼠疫等灾难，真可谓是命途多舛，但城市仍然在飞速发展。这都与它便利的地理位置有直接关系，即地处中国北部的内河航运干线——满洲中部的松花江与铁路线的交汇处。

随着市中心——新城区内中东铁路管理局大楼等主要建筑的

落成，人们开始积极建设地势低洼的松花江右岸，并使其成为这座城市的商业中心[①]。为了能在沼泽地上修建道路、供水管线和下水管道等公用设施，以及将来用作商场、银行、宾馆、剧院和各国代表处的大型砖石结构的建筑物，人们需要成千上万吨的沙土、石头和砖等建筑材料。

各国的资本开始汇集到哈尔滨。银行、代表处、采购商办事处等机构纷至沓来，街上到处都是写着五花八门的外国名字的商铺。大量的商品从俄罗斯乃至世界各地潮水般地涌入哈尔滨，这使得商品的价格相对比较便宜，也促成了最初的免税商品的进口。

工业得到了继续发展，这主要得益于俄罗斯资本的投入。这些企业主要为中东铁路以及在整个地区居住的俄罗斯人提供服务。当时，哈尔滨的居民人数不少，因为城市的发展速度很快。

以在哈尔滨为主设立的一系列行政管理机构继续扩充，并在全满洲开设了新的租赁性质的企业，经营林业和煤炭业。新建了林业采伐和木材加工企业。化工厂和手工木材蒸馏作坊数量也在增加。其间，还开了新的煤矿，继续建造砖厂，加工和焙烧石灰等等。

经营皮货、牲畜、粮食以及各类原料和农产品的采购商和销售商网络遍布整个满洲。很快所有采购业务都到了中国商人手里，他们与外国代表处合作，按成交额的百分比收取佣金。伴随着榨油工业的发展，开始衍生出肥皂、干性油和油漆等深加工行业。1907 年在阿什河火车站那里开始建大型糖厂。

①译者注：此处指埠头区，今哈尔滨市道里区。

顺便说一句，满洲的农业也给我留下了比较深刻的印象。在那遥远的年代，中国的农民和这个国家的其他劳动者一样都是善良而勤劳的。我从小就观察到，他们在城边自己的小田地里从早到晚不停歇地劳作。这里按畦田耕种农作物。田埂把土地分成大小不一的长方形耕地，这样就可以避免潮湿的季风雨造成的内涝。耕地都整齐成垄，田里没有一根杂草。多年以后，回过头来看那个年代的满洲农业发展历史是非常有意思的。这里我们可以借助1898年抵达旅顺港的农业学家尼·尼·普里卡希科夫（Н.Н. Прикащиков）、参加中东铁路南线筑路的勘测队员以及该地区农业观察家们的回忆。普里卡希科夫这样写道："这里的土地对于我们来说是陌生的，高粱地一眼望不到边，种着谷子和大豆的田野同样是广袤无际。偶尔有些地里也种着花生。在我们眼里，菜园子里的蔬菜品种少得可怜，常见的也就是红萝卜、白萝卜、大葱和中国大白菜。黄瓜让我们失望至极，根本就不好吃，长得长长的，有半俄尺那么长，而且还瘪瘪的，根本就没有黄瓜瓤。我们在这儿压根就没见到过哪怕是很小的花园或果园。"

中东铁路东线科列涅夫林场

这片土地上没有种植任何水果和浆果。种植的农作物中连在我们俄罗斯最普通的土豆都没有。这就是他们在整个夏天在方圆200俄里的范围内四处考察游历所留下的印象。

然而，这可是满洲最温暖的、自古以来就有人居住的区域啊！

对了，后来他们在当地某处的居民那里发现了零星的杏树、山楂树、小皇后青苹果树和葡萄树等果树。

普里卡希科夫在这些地方住的时候，他从莫斯科订购了各类蔬菜种子和少量浆果树种。这些果木在这里长势良好，不久就开花结果了。

在他的倡议下，大家开始给当地居民分发种子。应该说，凡是中国人认为自己将来会受益的事情，他们都会飞快地去适应各种新事物并积极推广。很快，土豆等蔬菜新品种，还有浆果和葡萄等新品种就成为了中国农民田里的日常作物。

1918 年从前线返回后，他在自己的回忆录结尾处写道："我不得不说说熊岳城站（这是他在中国落户并开始自己工作的地方），这个火车站变成了花园和葡萄园。好多车皮的葡萄被运到各地。"

中东铁路管理局为满洲的农业做出了突出贡献。在大规模建设铁路的同时，中东铁路管理局也很重视发展当地的农业，为不同地区寻找适合当地种植的最好作物品种，引进新品种，还设了育种田。新建立的苗圃里培植着各种果树和浆果树苗，果木种植也得以快速推广。

在这里从事农业的来自俄国的新居民们，也引进了对于当地来说是新品种的农作物：小麦、大麦、亚麻、荞麦、啤酒花、甜菜以及其他食品和工业用植物品种，使它们成为人们熟知的作物。

为发展畜牧业，引进了大量的种畜。很快养马业、养羊业以及对该地区来说完全是新生事物的乳业也很快发展起来。中国人根本不喝牛奶，不知道还有专门饲养起来用来产奶的奶牛，这里饲养的猪也只有非良种的。同时，养蜂业和养禽业也得到了迅速发展。各种行业协会组织，如哈尔滨赛马协会、兽医协会、满洲农业协会，以及工商业者的建议也都对农业领域的新发展起到了至关重要的作用。

很快，这个只知道自然农业的满洲，发展成向世界市场供应粮食、牲畜、豆类和豆油的出口地区。而大豆的出口占到了全世界的首位。

如前所述，城市的发展毫无疑问得益于非凡便利的地理位置。哈尔滨处在松花江的岸边，松花江是阿穆尔河的一大支流，自然成为良好的水上运输线，自古以来，就对人们选择在松花江流域定居发挥了巨大的作用，也对遥远年代的游牧和半游牧部落的生存产生了巨大影响。

松花江，其哈尔滨段是典型的平原河道，其中游的三姓浅滩，由于山脉的阻隔和暗礁，变得湍急。春天，松花江水位会变低，在少雪的冬天过后，还会露出大片裸露着沙泥的河床。但在每年六月底到八月底的季风雨季，它就变得桀骜不驯了。湍急的江水冲撞、拍打着陡峭的河岸，航道也不得不总是随着水情而改变。我记得，在这段时间里，报纸总是报道发生在主要水道和无数支流的洪水汛情，以及大水冲毁铁路和洪水带来的其他灾害的消息。

松花江上的中国帆船

突然来临的暴风雨，会使松花江瞬间变幻莫测。起初一切都很静谧，但突然刮起了一阵阵的狂风，江面上瞬间波涛

松花江上的游艇和帆船

汹涌。江上的救护瞭望亭即刻布置好警戒浮球，禁止船只在警戒区域内航行。此时，谁又会在滔天的波浪中冒险呢？

中东铁路建设之初，松花江还没有定期通航。“也就是哈巴罗夫斯克商人纪凤台（Ти Фантай）和船东伊萨耶夫（Исаев）的一至两艘轮船，”最早来到这里的伊·塔拉谢维奇（И.Тарасевич）在《满洲新闻》里回忆道，“在江上更多的是扬着方形风帆的中国船只。”

江上航运繁忙，船只往来穿梭，这是铁路奠基带来的繁荣景象。当地的政府给予俄国人组建船队的权利。随后，他们就在英国和法国订购了轮船、驳船和挖泥船。各种各样的货物先被运到符拉迪沃斯托克，然后集中运到乌苏里江，再从那里自行组成船队，驶入松花江。首个轮船被命名为“一号”。随即它就满载货物驶向哈尔滨。在组建船队的同时，在松花江的岸边也修建了码头。

20世纪30年代初，松花江上已经有了百余艘轮船，还陆续建了造船厂、小型修船厂和冬天停靠船只的小港（系船所）。尽管中东铁路自有的内河航运船队因1924年在管理局内的地位的变化被停止运营，但松花江上的航运规模还在不断扩大。

虽然我们这些人都是在江边长大的，但并未注意到松花江对城市生活和整个地区发展的重要意义。它对于我们来说完全意味着另一番景象。冬天，大家兴高采烈地排着队，在结冰的江面上飞快地乘着不知是谁发明的雪橇。这种在任何地方都见不到的雪橇在这儿却有几十个，它们载着人们如愿地驶向对岸。夏天，我从小就记得，充满活力的快艇在水上往来穿梭，当然也有慢慢悠悠航行的轮船和许多在江面上扬帆游弋的小帆船。

应该说，水上运动在哈尔滨很受欢迎，它是俄国人的传统项目。1912年在松花江边建立的游艇俱乐部，使得这项运动在这里得到了蓬勃发展。多年来，在夏天的哈尔滨和江岸的全景画中，赛艇和帆船始终是不可缺少的一部分。

宽阔的松花江流淌着泛着黄色的江水，它给市民们带来了许多快乐的时光。如果想到左岸去，一般都是乘坐由船夫驾驶的平底

停泊在松花江岸边的蒸汽船

船。那里展现在我们眼前的是江涛拍岸和激荡起的飞溅的水花;细软的沙滩让人内心充满喜悦，仿佛是盼望已久的一次与理想世界的约会;夕阳里用欢快的节奏吱吱嘎嘎地摇着船桨,兴高采烈地摆渡过江。当然,也可以搭乘快艇和这里小有名气的小驳船。

意犹未尽的游人乘着快艇归航，
夜色笼罩的哈尔滨神秘安详，
松花江水静静地流淌，
悄悄地穿过
他乡平原的青纱帐。

——女诗人亚历山德拉·帕尔考(Александра Паркау)

松花江左岸的轮渡码头

她的诗是献给松软的沙滩的，它吸引着市民前去休闲娱乐；她的诗是献给松花江的,它拥有美丽的支流和平静的小河湾。当然,她的诗更是献给开满睡莲的泛着黄色的滔滔江水的。在许多哈尔滨诗人的作品中都不乏对松花江的歌颂和赞美,它的风景也被画家描绘在画布上。尽管偶尔会发生些不幸的事件，比如有人在周日被江水夺走生命（许多市民正是在周日前往江的左岸),有被暴风掀翻的船只,但这一切都不会破坏松花江留给人的美好印象。

有很多事实能够说明江水有多么险恶。松花江不仅是城市和沿岸地区的经济运转轴心，同时，它也是传说中的恶龙。在发大水的时候，它带走祭品，将村庄和城市建筑一股脑地席卷而去。在满是淤泥的河底，它任性地流动着，形成能够吸走人的涡流和凶险的陡洼。溺水往往就是这么发生的：刚刚还看到旁边的人在水里，转眼他就消失得无影无踪了。如果溺水者喝了一肚子的泥沙，就算救援队马上把人救上来了，也很少有人能幸存下来。这就是让人充满希望而同时又给人带来凶险的松花江。它在满洲这片宽阔无垠的土地上若无其事地翻滚着、奔流着。

最初来到哈尔滨的俄国人都需要时间来了解这个独特的地方。那么，最初来到这里的人和铁路建设者们对满洲的自然环境和自然资源都有什么样的了解呢？不太多。难道是从猎人那里听来的这里有很多种毛皮昂贵的野兽，甚至还有深藏在小兴安岭山区的满洲金矿的消息？满洲金矿是以热勒图加共和国而闻名于世的。据传说，有一群努力追求财富的人，他们秘密地聚集起来共同去淘金，结果真的发了大财。我的祖父就给我讲述过许多关于采金和猎兽的趣事。

那时候的建设者们可没有时间欣赏大自然的美景。在周末工程师可以偶尔去附近地段上工作的朋友那里玩牌、参加晚会，有时还会去钓鱼和打野鸡。随着赛马场、自行车赛车场和体育场在城市里出现，以及前面提到过的游艇俱乐部、哈尔滨网球滑冰协会[①]，哈尔滨居民的休闲方式发生了改变。

---

①哈尔滨网球滑冰协会(ХОТКС)成立于1909年，协会设在新城区的网球场和滑冰场很受欢迎。1930年该协会出版了自己的杂志。

20岁的哈尔滨人奥尼西姆·潘克拉托夫(Онисим Панкратов)在那个年代创造了一个不可思议的体育奇迹——骑自行车环球旅行。1911年7月10日,他从哈尔滨出发(当时的报纸记载,他在军乐队演奏的进行曲和哈尔滨人热列的欢呼声中踏上征程),用了2年时间环游地球，并最终回到了故乡哈尔滨。国际自行车联盟给他颁发了最高奖项——钻石之星奖①。更有趣的是,1928年29岁的伊·谢·克拉利切克-索博列夫（И.С.Краличек-Соболев）骑着“神圣的罗斯”摩托车从哈尔滨出发做环球旅行。他途经了18个国家(没有钱,没有签证),也同样圆满完成了自己的行程。

关于哈尔滨的体育生活和体育表演活动，还有很多有趣的事。例如:俄国飞行员雅·伊·谢多夫(Я.И.Седов)在1911年驾驶法尔曼双翼机升空,1年后(1912年)哈尔滨的机械爱好者米·季·斯穆罗夫(М.Т.Смуров)在松花江上试飞了自己设计、自己制造的水上飞机(戈·瓦·梅列霍夫在《满洲—远在天边,近在眼前》一书中对此有记载)。

在哈尔滨,人们不仅关注体育,热爱运动,而且整个社会也对艺术充满了浓厚的兴趣。此时的哈尔滨已经积累了足够的财富，而满洲还笼罩在浪漫的光环里，遥远而鲜为人知。这一切都吸引着俄国演员带着不可遏制的愿望来此巡演。他们当中有相当一部分是知名艺术家。

对这个遥远的边区来说，尽管当地的艺术力量已经为它的文化生活打下了一些基础,但这些到访的演员、音乐家、歌唱家必然会对它的文化生活的进一步发展发挥自己的作用。后面,我还会谈到这一点。

---

①1987年第11期和1988年第8期的《环球》杂志对此进行了介绍。

思念之乡

1917年“十月革命”爆发，动荡过后的哈尔滨彻底为俄罗斯侨民与难民问题所震动。20世纪20年代初，城市与铁路沿线人潮涌动，他们是“第一批”向西方和东方移民的人群。他们当中有海军上将高尔察克（Колчак）、卡佩尔（Каппель）将军和哥萨克首领谢苗诺夫（Семенов）的败兵残部，还有被革命的风波席卷裹挟的平民百姓，其中有很多知识分子和受过高等教育的人。后来，正是这些人决定了哈尔滨文化生活的层次。但此时，他们首先要解决的是自己的生存问题。

在哈尔滨这座新兴的城市里，不乏已稳定下来的俄罗斯侨民，他们当中最常见的要数出租车司机，也有逃亡时怀揣财物总是在挥霍的贵族，还有绝望中奇迹般得到微薄稿费，继而在小酒馆放荡不羁狂饮的诗人、作家、画家等。当然，出现这些现象是有原因的，这些年俄罗斯的人间悲剧总是以不同形式体现在社会的不同阶层里,但这是人们无可奈何的事。人类的命运如此不同,甚至完全不相似,并常常相互冲突。

在满洲的侨民中能观察到不同的现象。难民中知识分子占大多数,有法律和历史学教授,有医生,也有音乐家和演员,还有工程师和教师。同样也有形形色色的商人,当然还有军人。其中许多人没有职业,比如哥萨克。他们中的大多数都是孤身一人,饱受战败给他们带来的迫害,满怀因伤亡而引起的愤怒。同样,还有拖家带口的人们,为了寻找宁静的避难港湾,他们愿意从事任何工作,不计较任何条件,只要能生存下去。

众所周知,对于任何移民来说,他们首先遇到的最基本的问题就是不懂当地的语言。而在满洲,语言并不是问题。在这里一定的范围内可以用母语——俄语来交流与生活。根据我父母的回忆,来到这个中俄人群混居的城市，流亡者为这里的生活条件和生活方式所震惊。铁路员工住着条件优越的共有住宅和公寓。管事的铁路工作人员只工作到下午 3 点，吃过午饭休息后，就去铁路俱乐部消遣或打纸牌。教堂会响起钟声,街道有俄语标识,商店里物品琳琅满目，街上可以买到各类俄语报纸。对于高级铁路员工来说,这里的生活与在俄罗斯时并没有多大的不同。

哈尔滨给人的印象是陈腐守旧的，甚至过的都不是革命前的生活,而更像是战争以前的生活。就像《青鸟》中的“思念之乡”记录的:到处是仪表堂堂、端庄的面孔,稳健且庄重的思维,正统的思想,一如旧时的奢侈和热情好客。这是当时著名的“政治转折论”者尼·瓦·乌斯特里亚洛夫(Н·В·Устрялов)对这座城市的看法。

应该说俄国革命很早就对中东铁路的命运产生了影响。德·列·霍尔瓦特将军的政权垮台了，在中东铁路管理局大楼上有段时间竟然飘着法国国旗，它显示着外国资本的权威。在远东共和国垮台后，中国政府被迫承认苏联对中东铁路的管理权。1924年起，中东铁路在平等的基础上实现了中苏共管。

当我们还惊讶于各种不同观点和政治思想倾向神奇共存时，这些事件就已翻开了城市崭新的一页（这种状况一直持续到中东铁路出售，整个地区完全被日本当局控制）。

哈尔滨的俄国老住户并没有品尝到俄国革命和内战的困苦滋味，整体来说，他们持平静的态度。他们平和地对待身边发生的一切，大部分中东铁路工人和公职人员接受了苏联政权。1924年很多人拿到了苏联护照，成为铁路工会成员。那些不想申请苏联国籍却想保留中东铁路工作的人，则有机会申请加入中国国籍。所有的铁路员工，就像那时诙谐的说法，都成了“猫头鹰”和“鲸鱼”。

与此同时，随着中东铁路建设者们到来的还有从苏联来的流亡者。他们面临的最尖锐的问题是：住在哪里，靠什么生活，怎么找工作，如何培养和教育子女。市区住房紧张（那时在哈尔滨郊区出现了“纳哈罗夫卡村”，在那里人们用能找到的材料自发地盖起了房子）。

据老住户回忆，最初城市里既喧闹又不安宁。士兵们把撤退、伤亡、损失和穿过森林后身心疲惫所带来的恶劣情绪，都发泄在这宁静的哈尔滨大街小巷中。

这就是20世纪20年代哈尔滨的俄国军官的生活状况：有人继续与苏联政权作对，有人为了生存到远东“外籍”军团涅恰耶夫

（Нечаев）将军的部队为中国将军效力，还有人给中国富商做保镖，保护他们的家人。这些俄国军人还会继续开枪杀人，同样枪口也会对着他们。但大多数人最终还是逐渐融入进了哈尔滨安宁的生活中。

作家、政论家弗·尼·伊万诺夫（Вс.Н.Иванов）曾在其1920年写的有关哈尔滨的随笔中这样描绘："秋天的大雨像眼泪一样打在新市街小餐馆那灰蒙蒙、雾沉沉的窗上。餐馆里四处都冒着一束束蓝紫色、潮乎乎的烟雾。伏特加，伏特加，还是伏特加……这是微弱的火焰，阴沉而密集，可怕的俄罗斯火光，团团黑烟在火灾遗址上升起……这个阴沉的火光浮现在小餐馆里许多人的目光里，灵魂好像都被烧毁了。这就是为什么用肘部支撑在桌上的黑色身躯被情绪压抑得濒于崩溃。这个充斥着蓝色烟雾和被伏特加酒污浊气息毒害的狭小空间太可怕了，而比伏特加更强烈的是阴郁的回忆。

就像在火灾遗址有时能奇迹般残留下坚固的被烧得发黑的烟囱，我会在这个阴郁、粗鲁嘶哑的亡灵里，看到熟悉的强壮身影。他是鳏夫，人高马大，尽管老得有点驼背；鬓角斑白，络腮胡子卷曲盘踞在他那发青的大脸上。身上穿着已经发旧了的军服，头上戴着不成样子的毛皮高帽。他骑在马上，从铁框眼镜后面默默地看着所有人……戴着两个婚戒的大手偶然把盛着醉人药水的小酒杯送到嘴边。

他是军官，原来是，现在还是。

周围的时代变了，人也不是从前那样的人了。突如其来的新概念接踵而至，他们在保卫着共同的家园。当然，这位老人失去了自己的战友，他们中有不少人都卷入到这政治浪潮中。但是，这个人甚至都不是白军军官，他只是一名俄国军官，彻彻底底的军官，遵着他自己的理念和习惯，生存着，挣扎着，直到死亡。

他没去红军阵营，也没为别人服务，他只是某处的一个守夜人。

他靠什么生活？别去问他！他像所有自古以来俄罗斯旧教的信徒一样，靠传统、靠习惯生活。他不会向你们证明自己的政治观点，因为他根本没有，他只是属于自己的民族。

他的神经被情感的砂纸磨光，不知道羞愧，也无所谓耻辱，他至今也不明白到底发生了什么。”

起初，人们心中一片迷茫，身外的世界都是无序状态、混乱动荡的。人们害怕失去老关系，相互保持着联系。各类同乡会开始迅速成长：萨马拉地区同乡会、西伯利亚地区同乡会、军团组织、各类武装组织、哥萨克组织等。此后出现的没有资金支持的各类协会，或是停办，或是艰难维系。人们头脑中最重要的念头是怎么养家糊口，在这样的条件下是顾不上政治的。这些人经历了社会变革的考验，并在此找到避难所。他们的生活在 1920 年哈尔滨平静而守旧的背景衬托下充满着矛盾，尽管在其他俄国侨民聚集地都没有像在满洲这样的条件。

我们家里没有移民，但我生长在移民圈里，他们的孩子、他们的感受，深深地刻在我的心里。我记得那个满头白发的老人，他在音乐会上眼含热泪倾听着令人沉思的俄罗斯歌曲（他的身姿说明他曾是名军人）；我记得，偶然听到老妇人在异乡祈求平安的真切虔诚的祈祷；还记得，老师对我们的谆谆教诲：要热爱祖国和不忘本;还记得那透着苦痛和忧伤的短诗……

不可否认:俄罗斯侨民把祖国独一无二的气质装在心中,并尽力保存。当然,也不尽然。有些人毫不妥协,他们只生活在过去,没看到革命的根源。这些人中有的成了积极反对苏联体制的人,还有些人持有与新政府不同的政治理念,但依旧爱着俄罗斯,并接受它的现状。更有很多人只是在二战期间才真正明确了对苏联的态度,时至今日这种在俄罗斯侨民身上表现出的现象已广为人知。

很多年过去了,看着我收集的老旧发黄的剪报,或在莫斯科的库房中找到有年头的零星报纸和杂志,这些都会让我有一种莫名的痛楚。

这是摘自《喉舌》报中的几句话:"这里,在异乡,远离神奇的俄罗斯大地,远离茂密的森林,远离故乡自由的蓝天,在这个人们感受美好的哈尔滨,我们构建了一个故乡的幻影。"是的,是这样的。在20世纪二三十年代的哈尔滨,在中东铁路沿线,在所有的地方都能证实这一点。到过铁路西线的诗人格里高利·托夫斯基(Григорий Сатовский)在那里找到了对故乡的思念的寄托。

俄罗斯的沙漠绿洲

火车驶向远方,

那里没有绿荫把炎热遮挡,

在这满洲的荒原上,

悄然生出淡淡的忧伤,

只因熟悉的画面又重现在站台上。

俄国扳道员的褪色灰旗在手中挥扬，
俄国加油工的步履蹒跚踉跄，
俄国列车长手持的指挥棒红色发亮，
走向车厢……
刮起的黄沙飒飒作响，
绿地，街道，轨道钢……
在燥热的白色沙尘里沉睡迷茫
原来是心爱的俄罗斯揉伤了我的心房

《安达》

这个“故乡的幻影”是从那些生活在中国的俄罗斯人的现实生活和精神世界里产生的。

例如，贸易公司伊·雅·秋林公司（И.Я. Чурин и К°）当时是一栋二层楼的建筑，伫立在新市街拐角处，带有一个大大的穹顶，凡是到过哈尔滨的人都知道它，这是个具有典型19世纪俄国城市风格的建筑。它曾是公司的总部所在地，也是其在市区内的三个百货商店之一。

伊·雅·秋林公司，建于1900年

早在19世纪中叶，伊·雅·秋林公司就在西伯利亚成立了。这个过去俄国商人创造的产物，为满洲和整个中东铁路附属地的发展起到了积极的作用。它是整个俄国居民物质生活的中心。

秋林公司从事各种工商业务，但重点还是在商贸活动上（1927年的资料显示，一战之前商行向俄国和外国500多个公司发货，年交易额达3500万卢布，这在当时是笔很大的数目）。

毫无疑问，伊·雅·秋林公司为满洲的经济发展和中东铁路的运营发挥了重要作用。公司是铁路最大的供应方，它不仅促进了俄罗斯商品在地区的贸易发展，更奠定了东北三省轻工业和加工业的基础。公司的进出口业务吸引了众多中国商人加入，同时，公司向当地居民采购大量的商品也促进了农业发展和畜牧业产品的生产。公司下属的工厂和企业也为当地居民提供了就业机会。

公司在哈尔滨除了有商品琳琅满目的百货商店外，还建有灌肠厂、化妆品工厂、指甲油和染发剂厂、卷烟厂、啤酒厂、白酒厂、制醋厂、皮革厂、肥皂厂等。此后，它还掌管了木材厂和松花江面粉厂等。

秋林公司对于“俄侨的哈尔滨”来说，不仅是商店或工厂，更是一面全面反映城市生活的镜子。它艳丽的橱窗，极其生动地展示着城市如何庆祝节日和纪念日，而在橱窗后面展示的服装和鞋子，就像在所有其他地方一样，引领着流行的时尚。

秋林公司对于很多人来说就是富裕和威望。它的管理人员和售货员，大都是俄国人，在哈尔滨有千人之多。就侨民的生存条件而言，尤其是在经济危机时期，在秋林公司工作的人是很幸运的。秋林公司的工资很高，无论是在城市经济发达时期，还是在此后

秋林公司男装部

秋林公司女装部

的三四十年代，公司管理层都保障员工的医疗救助，凭特殊借记证向其提供商品和食品。

在数十年中，“秋林”一词深深地扎根在俄罗斯人和中国人的生活里，它是威望、责任、品质和秩序的象征。在那里工作的人们依靠高水准的生产安排、精准和井然有序的服务，保障了商贸业务的运转。这份荣誉始终伴随着秋林公司，经久不衰。

“秋林”是公认的城市地标，住在城里的来自各个国家的居民都知晓。在俄罗斯人中还流传着这样一句话，“被带到秋林后边去了”，指的是“安葬”（在大街的尽头是墓地）。大家会约在“秋林”见面，路过或只是在小凳子上坐会儿。“胡须散发着烟味，眼里流露着不悦与颓废，秋林旁的长椅上，一群老者在闲坐呆望。”阿尔谢尼·涅斯梅洛夫在《建造者》一诗中这样写道。“秋林”这个名称还能让人们联想到很多……

秋林公司不仅为哈尔滨，也为东北整个地区的发展做出了巨大贡献。几十年后的 1945 年 8 月，它被重组后，依照调整后的机制继续开展业务。在“对外贸易公司”的保护下，秋林公司为中国东北经济的发展发挥了十分重要的作用。值得注意的还有，“秋林公司”这个在世纪初就确定下来的公司名称（经历了日俄战争、第二次世界大战、许多中国历史事件）被保留至今。虽然在原建筑上加盖了 2 层，但它始终保留着当年的圆顶。而在今天的哈尔滨，秋林公司所处的这个城市的十字路口的公交站名也依然叫“秋林公司”。

回到早期的哈尔滨，回顾那时的俄罗斯人的现实生活，应该说，在城市里还有许多其他俄罗斯商店（尽管没有任何一家能与秋林公司相比）。比如涅克拉索夫（Некрасов）、普塔什尼科夫（Пташников）、瓦尔加佐夫（Варгазов）、阿戈耶夫（Агеев）、斯科布林内家族（Скоблиные）、杰乌舍夫家族（Деушевые），后期的彼得罗夫（Петрова）、希图辛家族（Шитухиные）、库兹涅佐夫（Кузнецов）等经营的商店，当时的报纸上都是他们的广告。

尤其是广告，承载传递了哈尔滨最初几十年在商贸发展高峰时期的信息。那时的广告充满了机智和投机，产生了很好的宣传效果，渲染了当时浓厚的商业氛围。

很多人都给自己的公司起了醒目的名称，经常是外国名字（俄罗斯人喜欢外来词）。例如哈尔滨首家理发化妆品店叫“露西阿尔”（Руссиаль），此后更名为“布兰什”（Бланш）。首家宾馆叫“波尔斯穆特”（Порсмут），后来出现了“民族饭店”（Националь）、“马迭尔宾馆”（Модерн）、“格兰特大饭店”（Гранд-отель）等。

即便是从商业广告上也能感觉到西方“语言习惯”所带来的巨大影响，商家希望借此吸引顾客的眼球，进而征服他们。

——有哮喘吗？您喘不上气？我们向您推荐“塔乌马格恩”喷剂和口服药。您可以向医生咨询这些为您推荐的药品。昆斯特·阿尔博茨公司出品。

——女士们！还在尝试那些早就没用的东西吗？请继续用您喜爱的“蜡烛”牌马赛香皂，内含纯正的橄榄油，再不会伤害您姣好的脸蛋儿……

——“玛尔吉斯”牌雪花膏只在新西伯利亚药店有售。它使您的脸部肌肤更加年轻、富有魅力……

——秋天到了！“格列吉斯·彼克福特”牌法国制剂和化妆品，保您皮肤无忧。

——要想既漂亮又典雅，就来乔迁新址的哈尔拉莫夫女子理发沙龙。

俄罗斯主题也经常被广泛使用：

——用俄罗斯无与伦比的花楸果酿造，有老舒斯托夫的味道和品质。叶·尼·加斯葡萄酒窖出品。

——老俄罗斯葡萄酒的味道和品质——贴着金标的俄罗斯宗

教葡萄酒……

——伊·康·弗罗洛夫出售的首饰物美价廉，此外还出售宗教器皿和圣像……

在报纸上五花八门而又醒目的商业广告里，很难找到不太显眼的各类培训班招生和学生入学的消息。但现在，正是这些报纸上不显眼的消息，为我们提供了很多信息。

对于大多数居民来说，在某一领域拥有一门“好手艺”是很迫切的需求，因为即便在哈尔滨经济发达时期想找到“好”工作依然很困难。残酷的竞争需要竞聘者有着很高的技能水平，既要精明强干又要有好品德，因此许多人愿意上这样的培训班。

仔细阅读这些广告，它们传递出城市当年的气息。

——尼·叶·福明“语言通”，哈尔滨俄罗斯私立普教预备培训班。教授完整的中等课程，培训班分三种：标准班、实用班和经济班。培训科目有：俄语语法、作文、汉语、日语、蒙古语、英语、德语、拉丁语、法语等……

——上英语夜校的报名工作还在继续，由拥有伦敦师范学校毕业证的丽丽安·德维林小姐授课……

——英文速记，由罗马年科小姐授课，可集体或单独授课。

——来参加英国人乔治·韦伯教授的英语课。

——著名钢琴家弗·亚·契尔涅茨卡雅从青岛返回哈尔滨，现重新开课。教授音乐大师布索尼[①]、霍夫曼[②]、特蕾莎·卡雷诺[③]的最

①译者注：法鲁西奥·布索尼（Ferruccio Busoni），1866—1924年，意大利钢琴家、作曲家。

②译者注：约瑟夫·霍夫曼（Josef Hofmann），1876—1957年，波兰钢琴家。

③译者注：特蕾莎·卡雷诺（Teresa Carreno），1853—1917年，委内瑞拉著名钢琴家、歌唱家、作曲家。

新方法，减轻钢琴演奏难度。

——“谢基布”美容学校。脸部按摩、电疗、搪瓷面膜、人造眼毛、美国烫发、电子修指甲。由绝对经验丰富的专家授课，招收化妆品和烫发艺术学员。结业后颁发法国毕业证。

——由《喉舌》(Рупор)报妇女部培训班经验丰富的教师传授精巧的手工串珠工艺、服装缝制和时装绘图等。

那时的报纸和广告特刊还会发布许多实用信息，诸如雇佣、租房、医疗救助(包括兽医，负责宠物寄养、修剪、洗澡)，甚至还有迷惑人的看手相方面的广告。

在哈尔滨这个复杂的熔炉里，旧式俄国的生活方式和20世纪的生机勃勃新思潮并存，东、西方文化和民族特性就这样神奇地融合在一起。

在遍布市区大街小巷的招贴广告里常常会有这样的画面，这一点在埠头区的中国大街(1925年改称为“中央大街”)上尤为突出。

我们把这个城市的商贸区比作什么呢？也许，埠头区的建筑风格很像里加火车站附近的街道。一样的小商店，一样的带圆穹顶或尖顶的2层或3层小楼，楼体会有雕塑装饰和公司标识。

按现在的规模衡量，那时的哈尔滨算不上是大城市(20世纪40年代城市居民为80万)，但城市每个区都有自己的特色。在埠头区，广告筒[①]上贴着轻歌剧或其他演出的节日预告和五花八门的商业广告。在中国大街的中央(就像新市街、大直街那样)经常会

①译者注：市政管理部门设置在大街上供市民自由张贴各类广告、告示类的圆筒形建筑物，是当时哈尔滨市区内的一大特色。现已无存。参见46页照片，哈尔滨火车站前的那个圆筒形物体即是广告筒。

有一群群衣着虽不奢华但举止优雅的人，他们是去看演出的；这里还有餐厅和夜总会，在那里有钱人可以很“潇洒地烧掉”钞票。

中国大街（现中央大街）

而纳哈罗夫卡村或是西八杂市[1]则完全是另一番景象。这里就是贫民窟，人们贫困潦倒，一切都杂乱无章，满目破败景象。在不同城区里长大的年轻人，他们的心态各异，这里的年轻人心态有的甚至极不稳定。例如，当时的“霍巴组织”（“ХОБА”），全称为“哈尔滨巴扎贵族协会青年组织”，这当然不是在西八杂市生活的人们选出来的组织。而在铁路俱乐部后身不很体面的居民区里聚集着许多好斗分子，打架斗殴是他们的拿手好戏（其他地方的年轻人可别想在这里追求女孩子，否则就倒霉了）。总之，这都是人们所熟悉的俄罗斯的“传统”。

莫斯科兵营区则是另一番景象。那里有个约翰先知教堂（Иоанно－Предтеченская церковь），是一个很有特色的城市角落。想要感受它的气氛，看看1943年报纸上白描式的叙述就知道了：“这里时髦的帽子都很少，领带的样式和色彩也极不协调，剃着圈头，偏领男衬衫，西装上衣，印花布围巾……烛光映照下的古老棺材，老人的追悼会，包在绒布里带金色压花的是几代逝者的牌位……”这与革命前俄国小城的生活有什么区别？

总之，在中国的土地上，没有什么能像东正教堂那样展现出鲜明的俄罗斯风格。1940年以前这里有很多的教堂，哈尔滨及其郊区有着大大小小20余座教堂。教堂上的圆顶和回荡的钟声总是令人满怀乡愁，顿生怀旧的思绪，不免勾起对俄罗斯的回忆。在这个城市里，也许每个同胞的生活都注定与其中的某个教堂息息相关。

---

①西八杂市（Зеленый базар），哈尔滨旧市场名。今哈尔滨市南岗区大直街、革新街、耀景街围成的区域内设立的菜市场，亦称为西市场。

40—50 年代俄侨漫步在哈尔滨的大街上

在一般信徒的生活中，教堂发挥的作用不言而喻，但在异乡的教堂所发挥的作用，却不得不提。也许，所有人到教堂都是为了寻求精神寄托。教堂的钟声除了其本身以及宗教层面的含义外，在异国他乡还有着别样的意味。“在当地教堂的钟声里，我们感到我们还活着，俄罗斯不会灭亡。”20 世纪 30 年代《喉舌》报某期复活节发行的报纸上这样写道。

哈尔滨的教堂在自己的教区聚集了成百上千的人。有在唱诗班唱歌的，有画圣像的，有照看墓地的，有为穷人募捐的，有参与出版宗教读物的。还有些人，他们只是来欣赏有名气的唱诗班演唱的，为的是一睹知名指挥家在圣尼古拉大教堂的晚祷和礼拜上的风采，或是聆听乐团所演奏的宗教乐曲。

关于圣尼古拉大教堂需要特殊说明一下。也许，没有任何一座教堂能像它一样受到哈尔滨所有俄罗斯居民的欢迎和喜爱。教堂于城市始建阶段落成，其本身就是许多历史事件和普通人的命运的见证者和参与者。很遗憾,它只存在了67年！现在只能在照片上看到它了。

圣尼古拉大教堂建在市中心的新市街,在随后建造的哈尔滨火车站附近。它由圆木制成,是俄式角锥形教堂,有着浓厚的俄罗斯东正教堂的风格的外形,保持了正统的“上天堂”的风格,它有“五个顶”。底座为十字形,有角锥形的穹顶和钟楼,最上层是小方木覆盖的圆顶。

圣尼古拉大教堂是这座城市的真正精华。哈尔滨继续发展，人口不断增多，城市里也已陆续有了更多的教堂，但圣尼古拉大教堂还是以愉悦的形象示人：古老的俄罗斯传统式的围墙，指向苍穹的角锥形小方木圆顶。

我曾不止一次置身于它的殿堂穹顶之下。很多年过去了,但那份庄严肃穆和彼时的淡淡乡愁，依然清晰地刻在脑海里，记忆犹新。

在教堂的入口处有块记录着奠基时间和建设者名字的铜牌。教堂里面装饰着传统的、极为朴素的圣像壁彩画。有一尊很大的圣像,就是显圣者尼古拉(据说是从俄国运来的)的。阳光透过彩色玻璃在殿堂内折射出五颜六色的光线。圣像旁燃着长明灯,还有在昏黄的氛围里摇曳闪烁的烛光。抬头仰望殿堂内的穹顶,更能感到它的高大、灵动和宽敞。一切都带着俄罗斯的气息,昭示着它古老的传统……或许,那些年里,这座教堂用圆木垒成的墙壁暂时为人们挡住了太多异乡的艰难困苦吧。

这座木质教堂有很好的音响效果。这里常常会响起德·博尔特尼扬斯基（Д.Бортнянский）、彼·切斯诺科夫（П.Чесноков）和亚·格列恰尼科夫（А.Гречанинов）的神圣肃穆的乐曲以及其他俄罗斯作曲家的宗教合唱作品。每年10月都会上演柴可夫斯基的弥撒曲，以纪念这位逝去的伟大的俄国作曲家。

回到遥远的过去，我想，那时对于身处异乡的俄罗斯侨民来说，每座教堂里演奏的极具穿透力的宗教音乐和合唱对他们保护自己的民族根基发挥了重要作用。现在好了，在多年的遗忘后，我们的国家终于在20世纪80年代在文化层面上又将它提了出来，并使年轻一代有机会接触它。

圣尼古拉大教堂

哈尔滨火车站

说到哈尔滨的教堂，就不能不提到建于1935年的位于圣尼古拉大教堂院内的伊维尔小礼拜堂。它是莫斯科著名的伊维尔教堂的复制品。作为教堂外部结构不可分割的一部分，它那带星星的深蓝色的圆顶从很远的地方都能清晰地看到。

这两个处于异国他乡的具有纪念意义的俄罗斯文化历史建筑都遭受了悲惨的命运。

1966年8月23日早晨，一大批红卫兵冲向圣尼古拉大教堂。有人看到，在震耳欲聋的隆隆鼓声和人们的喧嚷声中，红卫兵开始拆教堂烧圣像。3天时间，教堂就被完全破坏掉了。当大批红卫兵把所有的一切，包括自己的民族文化都摧毁的时候，中国“文化大革命”正处在高潮期。

现在，圣尼古拉大教堂的原址上造了一个花坛。从世界各地到访的俄侨游客只能伤感地站在原址旁凭吊它，在记忆中搜寻它昔日的辉煌。

每逢盛大的宗教节日，哈尔滨的俄罗斯居民通常都会到固定的教堂做礼拜，这是俄罗斯人内心获得安宁的传统。例如，新墓地旁的圣母安息教堂（Успенский церковь）是许多哈尔滨俄侨在复活节第十天之后的亡灵节时朝圣的地点。根据东正教惯例，这天要祭奠逝者。那时会有很多乞丐和穷人聚集到这里，因为这一天他们会得到很多施舍。在墓地的入口处还会有玩罗托游戏和卖花的人。在教堂做完安灵礼拜后，就到墓地祭奠。随后，城市的整个宗教界人士都会集于此，午后在室外举办祭奠全世界亡灵的仪式。这是个很盛大的场面，在和煦春光普照下，宗教歌曲响起，萦绕在神幡周围。

这一天建在老墓地旁的圣母帡幪教堂也会举行祭奠活动。现在，这座圣母帡幪教堂是哈尔滨唯一一座举行宗教活动的教堂。以下内容摘自《中国指南手册》："哈尔滨圣母帡幪教堂，坐落在南岗区东大直街。建于 1930 年，属于拜占庭风格……于 1984 年重新恢复宗教功能。"在大批欧洲侨民离哈后，还有 20 多名老俄侨和少数中国信徒定期到教堂活动。宗教仪式由中国神父主持。

伊维尔教堂

在1月的严寒里，当主显节来临时，成千上万的人们就聚集到城市里最年轻的圣母报喜教堂。捧着十字架的宗教游行队伍从那里出发，去冰封的松花江上举行仪式。在节日期间，慈善院里的器物都是冰质的，有里边装着蜡烛的冰碗，有用冰搭成的讲道台和冰质的洗礼盆……

1925年亡灵节俄侨前往新墓地祭奠逝者。背景为圣母安息教堂（教堂保存至今，在现哈尔滨游乐园内）

回忆哈尔滨的教堂，自然也要说到它们的善行，教堂每天进行施舍，照顾那些举目无亲和需要得到帮助的人。

在埠头区，有七个尖顶的伊维尔教堂是城市的慈善中心之一。它是这个城市建得较早的教堂之一（不过建了2次，最初的教堂毁于火灾）。它有很多显著之处：它是为纪念日俄战争的英雄们建设的，阵亡将士的名字被题写在穹顶和圆柱上；教堂里的圣像是用马赛克拼成的。伊维尔教堂会馆设有孤寡老人和孤儿的收养所，还有谢拉菲姆民众食堂。正如尼·帕杰林（отец Н.Падерин）神父在国外发表的记述哈尔滨宗教生活的回忆录中所写的，伊维尔教堂的活动在海拉尔大主教德米特里执掌期间达到了很高水平。

在哈尔滨，圣·索菲亚教堂也很有名，它有着非常漂亮的圆顶。这座教堂是伊·弗·契斯加科夫（И.Ф.Чистяков）茶叶公司的老板捐造的。它的辖区设有殡葬处，安葬那些死去的孤寡老人和举

主显节宗教仪式

目无亲的人。

位于关达基耶夫卡村[①]的喀山圣母教堂开设了很有名的卡杰姆-别克慈善医院。

由堪察加彼得罗巴甫洛夫斯克主教涅斯托尔（Нестор）开设在马家沟营部街圣母慈心院教堂里的慈善院广为人知，它在“俄侨的哈尔滨”慈善生活中占有重要位置。老人和孤儿在此找到了避风港。修士大司祭菲拉列特给他们讲经布道，给他们以精神上的安慰。此后他又成为在美国的俄侨教堂的大主教。

说到这里的信徒，有必要提一下他们组建的“意外的喜悦”协会。他们从事慈善活动，帮助那些受苦的人。

①译者注：关达基耶夫卡村（Гондатьевка），哈尔滨旧区域名。今哈尔滨工业大学二校区一带。

按照俄罗斯的古老传统,教堂为所有需要帮助的人做了很多善事。历史上教堂始终是穷苦人和残疾人的避难所和供养者。据回忆,在移民潮到来之前这里没有俄国乞丐,是战争带来了贫穷。很多穷人都是因参加第一次世界大战和国内战争而致残的士兵。失去双腿拄着拐杖的残疾人通常会在商业区乞讨。有时他们也会拉起手风琴,这大概就是这件乐器在毫无希望的移民生活中仅存的价值了。有时他们会走街串巷,吟唱着令人遐思,然而却很悲伤的歌曲,以换取人们的一点儿施舍……我从小就记得这些忧伤的场面。

弗·尼·伊万诺夫曾经这样描写那些在异乡的残疾人:“他们流浪街头,手里拿着没有兑现的且已经过期的国家汇票!这可是用鲜血换来的啊!可是很遗憾,他们没地方追索讨还。”

残疾人的处境总是很艰难,而在异国他乡就更加困顿不堪,在那里只能指望人们对他们的施舍。他们怎么活下去的呢?不仅是教堂在帮助他们生存,社会也在帮助他们。首先是难民委员会、残疾人协会和侨民事务局。许多同胞用辛勤的劳动、不图回报的温暖使他们在慈善活动中得到迫切需要的帮助。

救助物资都是依照十月革命前俄国的通行做法募集到的,靠的是慈善演出、彩券舞会、教堂和街道设置的捐款箱等等。这些都是我儿时和青年时代的日常生活的一部分。每年出版的《残疾人之友》杂志,不仅在精神上对老战士给予支持,还为社会组织提供资金,因为它是在特殊条件下出版的。

此外,还为残疾人寻找赖以糊口的各种营生。比如把他们安置到不太大的可做小买卖的房屋居住,然后出租这些房子。我们家正好也租过这样的屋子,因为在铁路被出售后,公司分的房子被收走了。连房子的地址我都记得：曲线街55号，离大直街不远。很朴素的一层小房子，有4个房间和很大一个院子。院子里有夏季厨房、仓房和小厢房。厢房里住着看门人，米哈伊尔·谢尔盖耶维奇·阿尔费莫夫，他是残疾军人，曾任俄国军队的上尉。

那时他70多岁了，和小狗一起住在厢房唯一的房间里。不知这只可怜的小狗是否从他主人那感受到了他的痛苦？可他的苦难实在是太多了，受伤的腿始终在折磨他，一瘸一拐的，患风湿的手总是涂着碘酒。

残疾人协会给他提供了住处，赚钱糊口主要靠做镶边和装订等各种手工活。唉！他是怎么用不能弯曲的手指来做这些细活的呢？

无家可归的孩子和哈尔滨移民的孤儿的处境也很艰难。首批保护儿童的慈善组织在第一次世界大战前就成立了。1913年成立了儿童保护协会，还有托儿所和孤儿院，一直开到俄侨彻底离开哈尔滨为止。

很难说究竟有多少孤儿在哈尔滨的孤儿院里长大。他们过得怎么样？我比其他人多了解一些。我记得，米·尼·尤泽弗维奇（М.Н.Юзефович）在马家沟开设了孤儿教养所。这个教养所开办了大约25年。它坐落在一条安静的小街上，绿树成荫，四周都是花园。这是座一层的小房子，总有大大小小的孩子在玩耍。教养所虽然很俭朴，但所有孩子都有饭吃，有衣服穿。

古老的俄罗斯带给哈尔滨的俄罗斯人实在是太多了，无论是在日常生活中还是在精神世界里。俄侨中有人认为它是《青鸟》中的“思念之乡”，有人则把它比作“故乡的幻影”这绝非偶然。

然而，不仅仅是俄罗斯的特征决定着这座独一无二的城市的特色。

时代与文化的十字路口

有时我会在梦中看到这样的景象：火车驶进了哈尔滨的站台。我离开车厢，来到广场上，然后向右转弯，沿着火车站大街上坡，一直走到圣尼古拉大教堂。教堂的右边是莫斯科商场，左边是外墙上装饰着花纹的吉别洛-索科大楼。前面就是横贯东西的大直街。我向东往秋林公司的方向走。然后，一直往前，往前，经过了圣母帡幪教堂，很快我看到了基督教德国路德会教堂的尖顶。而我还是继续往前走，路过天主教堂、极乐寺，就那么往前一直走，一直走啊走，走到了圣母安息教堂的墓地，我的祖辈就在那里安息长眠……

我已经有40年没有来过这里了……

然而，在现实中，梦中的一切在这里几乎都荡然无存了，没有了教堂，没有了墓地，也没有了老火车站……当年那些出入教堂的人早就走了。历史的风浪把他们裹挟到四面八方，他们就像一个个浮萍。他们中的许多人已经去了另一个世界。但记忆还在，就在半个世纪前，来自世界各国、有着不同信仰的人和平地聚集在中国的苍穹下。他们隐约的痕迹被依稀地保存在大直街的这段路上，消融在那些散落在哈尔滨各处的犹太教堂、清真寺、亚美尼亚教堂和孔庙里……

哈尔滨虽然有着浓郁的俄罗斯特征，但建城之初它的居民由来自多个国家的不同民族的人们组成。[①]比较大一些的族群组建了民族文化社团，以此保持本民族的历史传统。

记得小时候，在当地的报刊中，除了可以定期看到纪念俄罗斯历史文化的消息外，还可以看到各侨民协会举办活动的通知。

——拉脱维亚人邀请同胞参加传统节日“利果”[②]，在松花江左岸举办点燃篝火的晚会；

——格鲁吉亚同乡会庆祝一年一度的节日——格鲁吉亚君主立宪制纪念日；

——犹太青年组织“布利特·特鲁姆佩尔道”和“马卡比”预定举行一系列纪念活动：著名犹太作家伊·别列茨逝世30周年、历史学家舍费尔诞辰100周年等；

——“波兰之家”发出参加音乐会的邀请。

或是穆斯林的斋月到了，清真寺开始了“间歇拜”晚祷……还有好多数不清的通知。

---

①戈·瓦·梅列霍夫（Г.В.Мелихов）在《满洲——远在天边，近在眼前》（Маньчжурия далекая и близкая）一书中记载，1899年哈尔滨就有来自28个国家的居民，其中有14000名俄国侨民。

②“利果（Ligo）”节是拉脱维亚民间传统节日，每年6月23日至24日庆祝夏至和祈求丰收。人们会在野外聚集，点燃篝火，围着火焰欢歌起舞。

时隔几十年，现在想来，在那个年代人们远离自己熟悉的环境，宗教起到了影响人们民族意识的重要作用。那些岁月里，宗教包容是哈尔滨生活的一大特点。就像前面提到的那样，1940 年的时候 3 万至 4 万俄罗斯侨民拥有 20 座东正教堂，此外还有犹太教堂、天主教堂、路德会教堂和亚美尼亚教堂。还有个很有意思的事儿：在长达 23 年的时间里除了定期发行“三勇士”东正教台历，还发行了罗马天主教、基督教（路德教）、亚美尼亚圣徒教（格里高利教）、犹太教和伊斯兰教的小日历。

我还记得，在学校里与我同班的同学中除了俄罗斯同学外，还有 1 名捷克女孩，几名犹太人、朝鲜人和中国人；上中学时，我们班里有鞑靼人、希腊人和犹太女孩。哈尔滨俄侨亚·德沃尔热茨卡雅在回忆录中写道：“我们楼里住着一个中国老人，他是与我们院子相连的 2 栋楼的主人；日本人和他的俄国妻子；拖家带口的印度人（他开了家丝绸布料店）；土耳其人和德俄混血的妻子；波兰人一家；一对年轻的犹太夫妇和中国更夫的老老少少一大家子。”就这么一个不同人种的大杂烩。

但重要的是，在这个好客的他乡的天空下，来自许多国家的不同民族、不同文化和不同宗教信仰的人交融在这个社会里，这在古老的中国乃至世界都是独一无二的现象。总体来说，住在这里的人都有着完全不同于其他民族的生活习俗和特有的生活方式。

应该说，哈尔滨就像铁路沿线的所有附属地一样，不久前还是满目苍凉、沼泽遍地，到处裸露着江岸沙滩，让人不由得想到沙漠。然而正是在这样一个地方，一个城市迅速崛起了，它的发展速度令人难以置信，吸引了大批中国人向这里迁移。临近二战时，各类生活方式错综交融，但是怎么看都不太协调。在哈尔滨的大街小巷经常能看到这样的情景：大街上既有拉着两轮人力车的中国车夫和俄国车夫，也有俄国司机驾驶的出租汽车。要是在冬天，还能看到别具特色的北方风情：在冰雪路面上奔跑的狗拉爬犁。

穿梭在哈尔滨大街小巷的人力车

克瓦尔塔洛夫肉食店或特尔-阿阔波夫烧烤店紧挨着中国店铺，而沃隆措夫兄弟奶制品店与东方布料店相邻。尽管面临着与伊·雅·秋林公司的工厂和各分店销售网络的激烈竞争，著名的同发隆五洲货店依然生意红火。到20世纪30年代中期，哈尔滨还有许多来自其他国家的外国企业。

事业蒸蒸日上的中国商人热情地为顾客提供商品和服务，因此大街小巷尽显一派生机勃勃的景象。中国人很快就适应了俄国的习俗和宗教历法。复活节前，他们卖柳枝和鲜花；新年和圣诞节前，他们就卖松树；而到了圣灵降临节他们则卖成束的香草。他们年复一年地在哈尔滨的街头巷尾做这样的买卖，利润相当可观。

节日前夕，哈尔滨的主教区会聘请中国和俄国的能工巧匠在松花江上用冰修建十字架和讲道台。他们用自己灵巧的双手在冰层里切割出洗礼池。在冰冻的松花江江面上，矗立起一座用冰制成的高大的十字架，它在阳光的映照下熠熠生辉。远处就是松花江铁路大桥，仿佛把冰封的大江拦腰截断了似的。闭上眼睛想象一下吧，你的脑海里就会浮现出当时的情景：人们走在捧着十字架的宗教游行队伍里，远处则是飞驰的“推啊，推啊”。“推啊，推啊”是当年最为奇特的爬犁，在世界上它也是独一无二的。戴着皮帽、穿着棉袄的中国“船夫”驾驶它在冰封的江面上穿梭。一月，寒风飕飕地刮着，而在松花江上雕凿出的“洗礼池”旁却聚集着一群兴高采烈的中国人和俄国人。他们勇敢地跳进冰冷的洗礼池里去沐浴神的恩典。到了晚上，人们有时会冒着一月里的寒风到马家沟教区的慈善堂欣赏下一个奇迹——用冰雕制成的服饰和器皿，冰雕里用电灯照明，给人留下了难以忘怀的印象。冰雕是中俄工匠们共同制造的奇景。

冬天，松花江上的“推啊，推啊”（爬犁）

有趣的是，近年来在外国媒体介绍中国的明信片和现代旅游手册里面会找到介绍哈尔滨冰雪节的内容。有用冰垒砌的房子、用冰雕刻的动物和童话人物……那么，这个传统是怎么来的呢？是否就是那些俄罗斯传统庆祝活动的延续？这些活动曾经在中东铁路附属地里举行，而在哈尔滨一直持续到二战结束。当我看到介绍现代中国的明信片上有关于"松花江上的冬泳"时，我的头脑里产生了这样的问题。这项体育运动就是勇敢者在人们的惊叹声中跳进冰冷刺骨的江水里游泳。这难道不是圣灵降临节时的冰河洗礼的再现吗？从前在"俄侨的哈尔滨"这可是大受欢迎的！

主显节，松花江上高大的冰质十字架

每当回忆起在哈尔滨度过的青少年时期，我经常会问自己：城市里的俄罗斯居民是否很了解中国人和他们的宗教文化？答案是：除了专业研究边区的东方学专家外，在满洲的大部分俄罗斯人并不太了解中国人和中国文化。与中国邻居（如果有的话）和中国商人的接触就是当时的俄罗斯人了解中国人和中国文化的重要渠道。再有，就是看当地的节日游行以及举办的各种活动。这些活动永远都有鲜明的色彩和特色，是那样引人入胜。

从古老中国一直延续下来的关于各类神灵的传说在民间流传甚广，尤其在中国新年这个最受欢迎的传统节日里体现得更加突出。

春节期间，到处都闪耀着红色，因为中国人相信红色代表喜悦。有红色的剪纸，小女孩的头上扎着红头绳，包装食品就用印着鲜艳的民间版画的纸，家里用年画和春联装饰一新。他们还在大

中国传统节日踩高跷的演员

中国道士

门上贴神仙和瑞兽的画像。临近傍晚，外面就会陆陆续续响起鞭炮声和锣鼓声，这是为了驱除邪恶的“年兽”。

我记得小时候，在某些房子的护窗板和门上挂着镜子。这总能引起我的好奇心，我就禁不住问道：为什么要这样挂镜子呢？他们说：“邪恶的魂灵在镜子里看到自己那可怕的面容，就会被自己吓跑了，也就不会再来骚扰这个家庭。”

平时在饮食上非常节俭的中国人，到了节日的时候也会把鱼和肉摆上他们的节日餐桌，当然，还有饺子和其他有名的传统中国美食。如今，在世界各地的每个角落可能都会有中餐厅，哪怕店面很小。

俄罗斯成年人喜欢中国各种美味佳肴，而小孩子则喜欢中国街头卖的小吃：冬天里才卖的糖葫芦（就是穿在一根小木棍上的蘸满了焦糖的大山楂）、芝麻糖、在沙子中翻炒的滚烫的栗子和烤地瓜等。

很多俄罗斯人在中国人开的小吃部里俭朴地庆祝自己的节日或者大家凑份子在一起吃顿午饭。这种小吃部价格便

街头一景：好吃的糖葫芦

宜，饭菜可口，因此很受欢迎，尤其受大学生们的青睐。

中餐馆都有很显眼的标志，门前挂着的幌子，在风中来回地摇摆着。食客可以根据幌子的颜色判断出餐馆的类别：挂红色幌子的通常是经营传统中国菜的，而门前有蓝色幌子的是穆斯林的清真餐馆。通过远远飘来的味道就可以判断出菜肴的多样性和餐馆的特色。传统中餐那股特殊而浓郁的姜味、芝麻油味和其他调料的味道一出来，就能攫住每个路过餐馆的人，勾起他们强烈的食欲。

在很多小餐馆里，饭菜都是当着客人的面现做的。厨房的师傅们，在众人面前展示着自己的手艺，具有非凡的表演性。他们动作灵敏而协调，不断地重复同样的炒菜动作，就好像对火红的炉灶施了魔法。

至于俄罗斯人与中国人的关系，恐怕得先从小商贩们说起。20 世纪 20 年代末 30 年代初，这里可以与中国南方的省市自由往来，在哈尔滨的市场上会有各种大自然的恩赐，简直令人啧啧称奇，有菠萝、椰子和香蕉等等。街头上摆摊的都是摊主亲自卖货。由于手头拮据，俄罗斯客户往往会犹豫不决，但很快他们就被商贩所提供的“信贷”（俗语叫“赊账”）吸引。一串汉字写在赊欠人的房子门框上，记录着欠款的数额。也有只画了几道横杠和十字记号的，因为很多商贩都不识字，更不会写字。

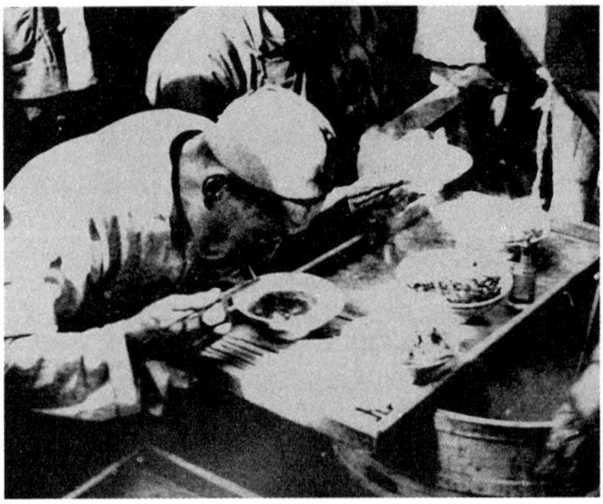

街边的小吃摊

当然，这样很划算，即使受损了的商品也不会卖不出去，这些商贩没有固定的店铺和摊床，只要见一点利，他们就会便宜处理。从另一个角度看，也解决了大部分俄罗斯人手头紧的问题。这显示出中国商人令人称奇的灵活性，他们能够克服种种困难，使自己盈利。

在哈尔滨居住过的所有人都对街头众多的挎着篮筐、扛着扁担的商贩和手艺人印象深刻。没有他们不卖的东西：花草、水果、蔬菜、甜食、布料、金鱼、小鸡和编织品等。

还有收旧物的人，他们使那些旧物的主人得到了“解脱”。人们从他们那里能够很便宜地买到旧衣服、鞋子，还有各种用具和书籍。此后，旧物都出现在哈尔滨的“旧货摊”上，尤其是 20 世纪 20 年代的侨民浪潮过后，从那些家境贫困的难民手里常常能淘到很值钱的物件。

有时在交易的时候讨价还价很激烈，买卖双方都拼命地保护自己的利益，但通常到最后彼此都不会生对方的气。顺便说一下，在中国做生意讨价还价是条不成文的规矩，很多商人都深谙此道。

家境殷实的商人都是城市里小布尔乔亚的代表。考虑到居民的需求，所有的十字路口都开设了商铺，卖各种各样的东西，甚至还卖白开水！就在路旁，放了个烧开水的大水壶，嗡嗡的烧水声响彻整个街区。为了节省柴火，很多俄罗斯人和中国人都愿意享用这份服务。

中国大街上的“服务”。不识字的市民可以求人代笔写信或写状子

商亭和小商铺的买卖都是非常传统的，顾客希望买到便宜的商品或赊账。如果了解顾客和他“可靠的”支付能力，卖家也愿意赊账给他们。然后，就用铅笔头把顾客赊欠的账目记录在长长的折页账本上。

在这里还得说说那些为俄罗斯人提供服务的鞋匠和裁缝。中国裁缝能用擦地板的抹布缝制出礼服！这虽然是玩笑话，但却是有根据的。在他们手里，缝制和修补都能做到极致，他们是最棒的工匠。赚钱的欲望和激烈的竞争就是高质量的可靠保证。他们接到手里的所有活计都是严格按着商量妥的日期交活。

宗教观是中国人宗教生活中最有意思的一个方面。到处都能看到无数神灵的形象，按照中国民俗，从生到死这些神灵都伴随着他们。

众所周知的老寿星十分受人喜爱：他是一位高额头、笑容可掬的老人。他拄着拐杖，手里握着象征长寿的桃子。总之，自古中国人就十分青睐桃树和它的果实。桃花出现在诸多的文学作品里，而桃木还具有治疗作用。

在这些神灵里，还有武财神关羽，他的形象是手持书本庄严地端坐在那里。他既是战神，可以保佑胜利，又是和平职业的财神，供奉他的寺庙和祠堂遍布城市和乡村。

当然，在我的记忆中最为常见也是印象最深的神兽当属中国文化的象征——龙。这个神话中的形象以各种形式出现，或腾云驾雾，或翻山倒海，或只以文字形式出现。龙的形象还经常出现在农居的墙上、寺庙里和灯笼上。它在祭祀舞蹈和节日游行队伍中吸引着众人的目光。

哈尔滨大街上生动鲜明的古老中国传统不胜枚举。

受另一种文化熏陶的俄罗斯年轻人满怀好奇心到极乐寺去参观。通常是在春天，在祭奠逝去亲人的宗教节日里他们都要去东正教的墓地，顺路就可以到极乐寺看看。有时，还特意同成千上万的中国信徒一起去寺庙观看浴佛节的仪式[①]。中国人会买那些写着颂词的黄色贡纸，然后把它们贴到特制的草棚上来纪念逝者。

极乐寺坐落在城市的陡岸上，从那里能看到埠头区和中国人居住的傅家甸，后面就是松花江。极乐寺里有3座庙宇，四周被厚

---

①“浴佛节”是佛教徒最喜爱的节日。届时，寺庙里的所有佛像都会更换衣服和贡品，祈祷者会上香。

哈尔滨极乐寺

哈尔滨文庙

厚的石墙围起。在不是节日的平常日子里，进入寺庙不仅仅会感到好奇，更能感受到那里的宁静和禅意。寺庙坡形的屋顶中间铺着金色的瓦，两边是带有龙和其他神话图案的黄红交替的八角塔。木鱼声、磬声、铜钟声和鼓声此起彼伏，不绝于耳……

大殿里陌生的巨大神像分列两厢，怒目注视着正在祈祷的佛教徒和游客。百名剃着光头、身着长衫的和尚轻轻走过。

和尚们很平静地对待访客，准确地说，根本就没有注意到他们，但气氛总是友好的，因为所有来访者都一定要尊重其他的宗教及其规矩。

还有一个有意思的例子能够说明中俄两国是如何对待彼此的宗教关系的。应该说俄罗斯人在修建铁路的过程中以及铁路在运营的过程中，都表现出了对当地宗教偶像的关心和重视。俄罗斯工程师、地形测绘者、桥梁建设者都遵循着一个准则：对中国人的信仰，尤其是他们对祖先的崇拜要倍加小心和谨慎。不在坟墓、祭神的小树林旁修建道路。

俄罗斯汉学家伊·加·巴拉诺夫（И.Г.Баранов）在自己的一篇文章中提到这个事实：在 1923 年至 1924 年修建极乐寺时需要几万金卢布的经费。很快这笔钱就通过中东铁路的资助和俄罗斯侨民的募捐筹集到了。铁路当局还给寺庙的施工方提供了优惠，降低了运输建筑材料的费用。

还有一个有意思的事例，它发生在中国的另一座城市长春（1926 年 6 月发行的《北京公报》中一篇关于中国的文章对这件事有所记载）。在这个满洲的中心大约有一个月没下雨了，到处干旱，甚至草地都起了火。城市周边的农民都在上供，向上天祈雨，但都无济于事。市区里的肉铺暂时都关板了，宣布进入斋月。中国人先在佛教寺庙里做了法事。结束后，那些商会的代表又跑到俄罗斯的东正教堂，根据他们的要求，俄罗斯牧师也为降雨做了祈祷。中国人摘下帽子，所有人都跪下，按照自己的方式向基督耶稣祈求。

谁又能想到呢？三天后竟然真的下雨了！

所有在哈尔滨居住的俄罗斯人都记得，中国人是多么尊重哈尔滨火车站里的尼古拉·米尔里吉斯基圣像，并称它为“火车站的老头儿”。他们还可以看到不是信徒的中国人，在东正教神像前点燃蜡烛祈祷。

我又不得不提到那些中国商人，他们是不会错过俄罗斯节日的，哪怕只是出于经济利益的目的，他们还是带着俄罗斯式的美好心情，准备好各类节日商品：柳枝、冷杉树和各种食物。

我们怎么交流呢？总体上来讲，除了一些专家，当地的俄罗斯居民很少讲汉语。但在日常生活中还是可以领会对方的意图，因为我们用的是远东特有的交流方式。

在涅斯梅洛夫的小说《肖像》里有段俄罗斯人与中国人议论失踪的人的对话，它足以表现出远东“混合语”[1]的独特之处。

——他，我的想，已经没活了。

——为什么，怎么会？说说，他到底怎么了？

——他说，要把他干掉。

——你说什么？原因呢？

——说他，我的活现在不想……说他，傅家甸，很少很少，而在松花江有。

——为什么你不早告诉我？

——我的不知道。我的没关系……

俄罗斯人，尤其是年轻人，在日常生活中也用掌握的为数不多的汉语词语与中国人交流。当然，很多从事东方研究的俄罗斯学者不仅能熟练使用汉语，还掌握了文学和书面语言。

①译者注：即“洋泾浜”，是指那些词义被衍化，语法、语音不规范的语言。

那些年，中东铁路管理局实施了明智的语言政策。管理局定期为俄罗斯员工和中国专家举办汉语和俄语培训班，出版发行了汉语教材、练习册和词典。

自1924年起，中国与苏联按照平等原则，共同管理中东铁路。城市里的生活是多元化的。宗教音乐、宗教仪式和5月1日国际劳动节、11月7日俄国十月革命纪念日并存；远东国家贸易公司、远东银行和其他苏联对外贸易机构和外国领事馆、外国公司并存；在中东铁路、中东铁路管理局设有苏联工会，而在埠头区自发形成了难民委员会，为身处困境的侨民提供力所能及的帮助。苏联演员和当地艺术家在铁路俱乐部同台献艺，在文学艺术联盟里聚集着苏联和俄侨诗人及作家。在教堂广场的莫斯科商场里，设有铁路员工合作社，出售苏联和外国的优质商品。报刊亭里出售各种报刊。中东铁路职工回祖国出差，就在报刊上与大家分享自己的感想。例如，1926年尼·乌斯特里亚洛夫在哈尔滨出版了《火车窗外的俄罗斯》。他在书中记录了自己在苏联一个半月的经历。他对祖国的新生活充满感慨："到处都充满了温暖，家一样的温暖。"他写道："贪婪地呼吸着每一口莫斯科的空气。"关于首都他是这样定义的："它整个都浸润在历史的长河里……是当时俄罗斯的幸福和骄傲。"

30年代的莫斯科商场（现黑龙江省博物馆）

中东铁路俱乐部(1924 年拍摄)

他注意到很多不同的方面，包括另类的俄罗斯人，这些人没有深厚的文化底蕴，却拥有坚强的意志，尽管贫穷且备受磨难。他得出结论:“移民的生活乃现实生活的另一面。”这当然引起了在哈尔滨俄侨和西方俄侨组织的攻击。

尼·乌斯特里亚洛夫在返回哈尔滨时遇到了一件不愉快的事，这也在一定程度上反映了当时的政治氛围。此后，尼·乌斯特里亚洛夫这样描写道:“中国海关搜查行李，但只检查书籍。海关的检查员是一个走路很快的中国人，只要他看到了，就会把全部的书都挑拣出来，放在旁边的柜台上。在他身后还有另一个官员，穿着讲究，很有派头，甚至是个有些流里流气的俄罗斯年轻人，他显然是白军军官。他的任务就是没收带谋反性质的书籍。看得出来，他很尽职尽责。”

“他走到我这里，开始翻检我带的书。一本接一本，糟糕！甚至连克留契尼科夫(Ключников)[①]翻译的《凡尔赛公约》、杜尔德涅夫斯基(Дурденевский)[②]翻译的《西方法典》和谢·亚·科特利亚列夫斯基(С.А.Котляревский)[③]的书都没收了。还有宣传布尔什维克的资料……面对我不解的目光,他刻板地说道:"您可以投诉。"然后,又不怀好意地跟了一句:"不过得快点儿。否则三天后就都烧了……"

尼·乌斯特里亚洛夫把书要回来了,尽管颇费了一番周折。但这位著名律师记录的这件事足以说明当时哈尔滨和铁路沿线的严峻形势。这种情况只不过是 1929 年中苏冲突时期远方暴风雨即将来临的一道闪电。

中国政治局势的动荡不安,东北易帜归附南京国民政府,中东铁路的形势每况愈下。红胡子匪帮开始系统地破坏铁路,俄罗斯工人和铁路员工不断伤亡,物资财产遭到毁坏。

1929 年 5 月 27 日中国警察袭击了苏联驻哈尔滨总领事馆,逮捕苏籍公职人员和平民。同年 7 月中国政府控制了中东铁路电报线路,苏联铁路管理局和苏联的联系完全被切断。铁路局长亚·伊·叶姆沙诺夫(А.И.Емшанов)被停职。随后苏联方面与中国断绝外交关系。哈尔滨前途未卜,等待着厄运的到来,而它很快就降临了!

两国开始谈判,1929 年 12 月 3 日,双方在乌苏里斯克市签署关于恢复中东铁路中苏合办的《停战议定书》。

这份简短的协议书决定着满洲成千上万个俄罗斯人的命运。

---

①译者注:尤·维·克留契尼科夫(Юрий Вениаминович Ключников,1886—1938)俄罗斯社会活动家、外交家、律师,尤以国际法和国际关系见长。

②译者注:弗·尼·杜尔德涅夫斯基(Всеволод Николаевич Дурденевский,1889—1963)俄罗斯、苏联法学家。

③译者注:谢·亚·科特利亚列夫斯基(Сергей Андреевич Котляревский,1873—1939)俄罗斯历史学家、政治家、法学家和作家。

在那个年代，满洲的人员构成很复杂：领事人员、在中东铁路任职的苏联公民和中国公民、无国籍的俄罗斯侨民等。

中苏之间的这场冲突对我父母的命运产生了重大影响，对哈尔滨其他俄罗斯居民和铁路所有沿线的职工也是一样。对于很多人来说，开始新生活并不容易，每个人都不得不为了生存而挣扎，不得不隐忍和承受艰辛，因为满洲除了经历政治变迁，还赶上了世界性经济危机所引发的复杂局势。作为满洲贸易的基础，农产品出口骤减；采购和中介机构、外国商行开始倒闭。

当地的企业也难逃厄运。这一切导致了大量失业，老板不仅裁员，还减薪。

那时的哈尔滨，除了中东铁路有苏联工会外，没有任何其他工会组织，因此，失业人员没有任何退休金或其他社会保障。如果一个人有工作，他就能拿到薪水，万一得病，那就糟了。只有大型可靠的企业，如秋林公司还坚持给员工开工资，给那些由于上了年纪而无法继续工作的人发放退职津贴。

到处都需要花钱。如果院子里没有井，就得到供水站去接水。有时每桶水都要交钱，自己把水运回家或是雇用运水工，每月都要付工钱。往自家的住所接自来水是很昂贵的。取暖需要在仓库买木柴，运回来再卸下来。在学校，尤其是在高等学府上学，为了接受教育到处都需要花钱。能租到的房屋，都不一定是有供水管线的砖房。即使是不带任何便利设施的土坯房，也要花掉人们大部分的工资。对俄侨来说，他们对这样的生活条件已经习以为常了，即便如此，还是得养家糊口、培养孩子啊。

当然，由于社会地位、所学专业和受教育程度的不同自然也就形成了不同的社会阶层。有钱的商店老板、出租房主人、企业合伙人或是商人，属于哈尔滨社会最有保障的阶层。这群人里也有苏联公民。精明强干的工程师、知名企业的领导也组成了自己的"小阶层"。

满洲的老居民、苏联铁路员工、外国人就像垂直的断面。需要指出的是，在这样的生活条件下，他们所有人都在力求相互理解。如果不考虑政治"顶层"的意图，大多数居民之间并没有明显的矛盾，当然个别现象也时有发生。

在那么复杂的局势下，侨民恐怕是最困难的群体。可以想象，在整个满洲和哈尔滨讲俄语的侨民有十万余人，他们根本不可能成为统一的群体。他们保留着十月革命前俄国各阶层的习惯、风气和等级关系。尽管为了生存很多人改变了过去曾有的要求。

这些人跋山涉水，或穿越贝加尔湖的冰雪，或途经朝鲜从海上流亡，或是穿越中国边境，一路上他们都只携带随身物品。很少能有人用各种理由并且是按照常规的路线从苏联来到这里。这些人不仅在物质上痛失一切，在精神上更是备受折磨。他们的俄罗斯已经不存在了。所有人都满怀归乡的憧憬，但最可怕的是，这代人就这样消失在异乡的痛苦折磨和颠沛流离之中，他们经历了一次又一次的政治动荡。

接下来发生的重大政治事件是 1931 年日本占领满洲。1932 年 2 月 6 日黎明，日军入侵哈尔滨。从此，哈尔滨的生活翻开了沉重的一页，这波谲云诡的岁月持续了近 15 年。

日本占领满洲是偶然事件吗？不，日本人早就对满洲和中国虎视眈眈了。日本对周边国家采取的是扩张政策，当然，矛头也指向了苏联，这在日俄战争和《朴次茅斯和约》签订后就已经初露端倪。以上是几十年后经过历史学家的分析才清晰地展示给世人的，但当时，大多数经历了此事的哈尔滨俄罗斯居民来说，还是感到意外。

在没有遇到反抗的情况下①，日本军国主义者的行动十分顺利，1932 年 2 月就已经宣布清废帝溥仪为“临时政府执政者”。1932 年 3 月 1 日建立“满洲国”，而两年后“满洲帝国”正式成立。甚至还启用了新的年号“康德”，这是从“溥仪皇帝登基”时算起的。官方文件上的日期用俄语写起来是很长的，例如：1936 年，“康德”三年。

新的制度给生活在满洲的人们带来各种各样的沉重负担。首当其冲的是中国人，他们深受其害。尽管那时当局精心策划的残酷压迫也没有放过众多的俄罗斯居民，但这一切并没有马上显现出来。悄然之间日本人就出现在哈尔滨，起初，人们甚至都感觉不到他们的到来。大多数来到满洲的日本人都不习惯严寒，身穿卡其布军服，头戴毛皮帽子。他们身材矮小，行动有序，也很安静，还会抚摸小孩的头。

城市的秩序主要由中国警察维护，偶尔也有俄罗斯警察。移民处负责管理俄罗斯居民。大家都知道，在所有社会政治生活的幕后，说了算的是日本军事使团。

1932 年不仅因这个政治事件而闻名，同年，松花江哈尔滨段洪水泛滥，汛期时河面宽度达 20 多公里。城市的商务中心——埠

---

①译者注：此处不符合历史，九一八事变后，中国军民抵抗日寇侵略的抗日战争就已打响。

头区整个都被大水淹没了,水一直漫过一层楼。大概在2个月的时间里,船成了交通工具,出行和购物都靠它们。高层楼房的房间紧缺,生活当然变得复杂起来。只有很浪漫的人才会有这样的奇思妙想——当时的哈尔滨成了“亚洲的威尼斯”。但这个人还是出现了。女诗人亚历山德拉·帕尔考(Александра Паркау)写道:

尽管一只手紧压着胸膛,
依然止不住狂跳的心脏,
等待着,在拐角处摇曳着驶出,
黑色古典贡多拉①的曼妙身影,
载着绅士缓缓地穿过桥孔……

1932年哈尔滨水灾

洪水给铁路沿线造成了很大的危害，所有人力物力都投入到灾后重建中。

受灾最严重的地方是中国人聚集的傅家甸,受灾的民众有十万人。据当时的史料记载和目击者的回忆，为了躲避洪灾，人们都集中到了新城区。他们就在室外安家，卫生条件差，时刻有发生疫情的危险。而噩梦很快就成为现

①译者注:意大利水上城市威尼斯特有的尖舟,两头尖状涂成黑色。

实。此前在中国中部肆虐的霍乱疫情迅速蔓延到这里。可以想象，在不具备卫生和防疫条件的情况下，与疫情做斗争有多么艰难。但医疗工作者们不辱使命，在短时间内就控制住了疫情。

哈尔滨的俄罗斯医生们值得称赞，无论在疫情肆虐时，还是在日常坐诊时，他们都能够尽职尽责，救死扶伤。

医疗服务机构大多属于个人，提供有偿服务。但我从未听说过，有哪个医生拒绝帮助没钱的病人。对于那些没有条件去私人诊所看病的人，弗·亚·卡齐姆–贝克医院等医疗机构都可以为他们提供帮助。

我想，弗·亚·卡齐姆–贝克（В.А.Казем–Бек）医生的名字在哈尔滨无人不知、无人不晓，尽管他在这里只工作了10年（1921至1931年）。在喀山大学医学系毕业后，他来到了哈尔滨。他在拯救患白喉的小女孩时被传染而不幸殉职。俄罗斯居民在哈尔滨筹建了两所以他的名字命名的医院来纪念他，中国人也同样缅怀他。

哈尔滨最年长的一批医生有托木斯克皇家大学毕业的谢·伊·谢缅托夫斯基（С.И.Сементовский）、尼·尼·乌斯片斯基（Н.Н.Успенский）、费·尼·普列什科夫（Ф.Н.Плешков），萨拉托夫国立大学毕业的弗·费·谢列布里亚尼科夫（В.Ф.Серебряков），彼得堡军医院毕业的尼·亚·胡德科夫斯基（Н.Я.Худыковский），以及在法国留学的哈尔滨医生伊·彼·乌尔佐夫（И.П.Урзов）。还有许多医生的名字也耳熟能详：尼·彼·戈卢别夫（Н.П.Голубев）、弗·尼·奇斯佳科夫（В.Н.Чистяков）、谢·康·萨任（С.К.Сажин）、亚·叶·伊利因（А.Е.Ильин）、亚·伊·考夫曼（А.И.Кауфман）、奥·弗·洛米科夫斯卡雅（О.В.Ломиковская）。还有无人不知的精神科医生康·

谢·菲阿尔科夫斯基(К.С.Фиалковский),他曾参加日俄战争,在1911年鼠疫爆发时,他从托木斯克返回满洲。

成千上万的城市居民的生命和儿童的健康都得益于这些医生。当时的环境问题不像今天这样严峻,20世纪40年代前的哈尔滨还不是大型工业城市。但由于有些区域的卫生条件差,疫情总是威胁着城市居民。

1932年以后,在俄罗斯报刊上可以看到许多日本医生的广告,“土木典昭骨科诊所”“留吉高桥兽医诊所”等,就这样日本人开始在医学领域显现自己,而且不只局限于医学领域。

随着日本移民的到来,30年代哈尔滨的居民数量在不断增加。为了开发农业用地国家管理局成立了,负责日本居民点的建设工作。日本商店和企业开始出现在哈尔滨的大街小巷。日本在满洲的土地上越来越有存在感,不断扩大着自己的影响。地区经济逐渐地完全依靠日本企业集团和银行。

由中苏按照平等原则共管的中东铁路是剩下的最后一个自由的堡垒。但从1931年年中开始,日本政权以各种借口限制苏联在中东铁路的权力,侵占铁路的财产,强行关闭其贸易办事处,甚至毫无依据地逮捕苏联公民。

在这种情况下苏联方面决定把铁路权出售给“满洲国”政府,实际上是卖给了日本人。经过2年的谈判,1935年苏联以1.4亿日元的低价出售了铁路,但当时只拿到2300万日元。

就这样,中东铁路在此后大约十年的时间里被赋予了一个新的名字:北满铁路。

人们开始启程。最先离开的是返回祖国的苏联铁路员工。焦急、准备、告别、分离，是那时的真实写照。熟人和朋友都走了，相互之间的联系都断了，恐怕这辈子都再也见不到了。

我记得，当时我们家两次准备搬迁，但由于机缘我们最终留在了哈尔滨。只是之前我的爸爸回到了苏联。外公还得到了中东铁路发放的一次性补助金。但对于此前在外贸机构工作的妈妈来说，沉重的生活就此开始。

铁路员工居住的院落都空了。在很长一段时间里，我们这些小孩子就在暂时没人看管的在夏季里被当作厨房的小亭子里跑来跑去，张望着那些敞开着的空荡荡的棚子。

铁路员工居住在公房里。这些房子通常是一层楼的石头房子或是砖房，带花园和院子。我的童年就是在这样的房子里度过的，离新城区教堂广场不远。这栋房子有一个很大的花园，位置很好，处在街角上，独门独院，被满洲的榆树和洋槐包围着。房子周围的土地也归我们，在这片天地里则别有一种喧闹的生活。那些年，邻居家的小孩们都到这儿来玩。大家玩俄罗斯棒球、“哥萨克强盗游戏”，还有捉迷藏。在这里玩捉迷藏是再合适不过了，因为有的是地方可以躲，院子里有各类可供藏身的房屋设施。最有意思的还是玩“画片”或是“弹玻璃球”，幸运的人就会得到它们。中国商人立刻注意到这是个赚钱的机会，就在某个地方按照美国“玻璃球”的样式制作，然后开始兜售玻璃球。它们艳丽的色彩和被巧妙地喷上去的花纹非常诱人。

每个地区都有自己的游戏，自己的英雄。在哈尔滨这个多条铁路的交汇处，还有从外国传来的简单游戏。在儿童的世界里不仅有俄罗斯童话里的英雄，还有迪斯尼动画片和美国的连环画里的英雄。那些年,西方的英雄比现在厉害的超人更友善些。碰到自己喜欢的画片就剪下来,小心地保存起来。此外,大家还醉心于收集美国香烟盒里的明星画片。

为了得到这样的战利品，我们穿梭在已经人去楼空的院子里。当然,我们还发现了很多别的东西,有纽扣、布头、撕碎的照片、信件,还有家用器皿的碎片,不由得记起它们曾经的主人。这些都还未被邻近街区的“竞争者”占有。在那些邻家的空旷院子里上演的这种顽皮的儿童探险,是不是很浪漫?

而他们,那些空院落和各种弃物的主人,满怀激情和希望地接近或者已经越过了“五年计划成就斐然的美好国度”的边境。但那时谁也不会知道,在云谲波诡的1937年,很多人会成为镇压的牺牲品,与俄罗斯民族一样遭受悲剧性的命运。

那时的哈尔滨怎么样了呢?它没有变成空城,虽然俄罗斯居民纷纷迁居到上海和中国的其他城市，空出来的房子很快就被日本人占用了。住房奇缺问题甚至比以前更严重。

我们家也面临着十分严峻的住房问题。再见了,设施完善的铁路住宅！全家从此开始了在私宅中的磨难。

在中东铁路出售后,哈尔滨的方方面面开始发生巨变。首先就是铁路,列车员、扳道员及俄罗斯搬运工都消失了。俄罗斯马车夫也越来越少了。很多俄罗斯私人企业都关门了。哈尔滨显现出越来越多的日本文化痕迹。在节日里,“满洲国”国旗与日本国旗一同升起,随处可见的是身着和服的男男女女。

他们穿着这么单薄的衣服怎么能抵御得了零下30摄氏度的严寒呢？看着日本人身着和服走在城市的冰雪路面上，俄罗斯人感到很惊奇。

日本移民真的很顽强，努力去适应当地的气候。很多日本人仍然穿着民族服装，只是戴着被广为宣传的毛兜肚和口罩，努力去抵御满洲的严寒。对于习惯在冬天戴毛皮帽子，穿裘皮大衣，脚踏毡靴的俄罗斯人来说，日本人的这套行头很奇特。后来就慢慢习惯了，也就不再注意了，但还是对他们锻炼身体的坚韧不拔赞赏不已。

冬天，日本军人的着装很应季，身上穿的是吊短皮袄，头戴毛皮帽，脚上穿着暖和的靴子。而在其他季节穿的是卡其色呢子制服和皮靴。

俄罗斯人开始在日常生活中讲新的语言：

“空尼奇瓦！”（您好）

“撒由那拉！”（再见）

“阿利嘎多，古扎伊玛斯！”（非常感谢）

日本人的礼节是全世界都有名的。但经过观察就会发现，在日常生活中日本男人都很粗鲁，而在战争中则特别残忍。与日本警察和宪兵不幸打过交道的哈尔滨居民们很快就领教到了这一点。

像在任何社会一样，在哈尔滨的日本平民也是什么样的人都有。有些日本人很傲慢地对待他们眼中的“少数”国民，即成千上万的生活在“满洲国”的俄罗斯人；另一些日本人却完全注意不到他们；第三类日本人对俄罗斯人则是邻居般的礼貌和友好。

有五六年，我们注意观察了几家日本邻居，他们就住在我们共同租住的一栋房子里。那是一座一字形的单层建筑，分给了六户人家，每家有三个屋子。屋子都有两个出入口：一个是正门，先通向房前的小花园，再通到街上；另一个是后门，通向院子，那里是监督者的活动场地。只是不知道当时谁是监督者，可以说，人们的生活都暴露在监督者的眼里，毫无隐私可言。

这栋房子里的六户人家是这样的：一户住着一家中国人，一户是我们家，剩下的四户都是日本人。其中两家日本人是我们的邻居。右边是日本军人家庭，他们是宗教人士，左边是商人家庭，我们的关系非常好。

日本商人高木的妻子是个心地十分善良的人。她看起来总是疲惫不堪，形容消瘦。这个女人是三个孩子的母亲，她是人类隐忍和友善的榜样。她对自己的那个粗鲁寡言的丈夫非常顺从，我们全家都很可怜她。

在日本居住了30年的俄罗斯女画家瓦尔瓦拉·布勃诺娃（Варвара Бубнова）在当年描写日本时写道："女人比男人更能代表古老的民族文化和精神。"这体现在民族服装的穿戴和在客人面前的表现上。与俄罗斯的礼仪不同，在日本从没有人在公交车上给女性让座，对女性的尊重也比对男性少等等。好多次我都注意到，日本妻子跟在一家之主的后边，提着东西，迈着小碎步，还得保持着距离。这对拥有另一种文化的人来说是很奇怪和不能接受的。可以说，在学校里没有这种情况。日本女孩身着舒适合身的西式服装，一点都不拘束，还能保护自己。近些年大家都注意到，日本女性思想进步了，她们追求独立，也读很多书。随着社会生活各个领域的根本改变，在科技进步的影响下，今天的日本当然是另一番景象。但在30年代，的确如此。

日本有一些传统值得赞叹，比如园艺和插花，现在已闻名全世界，包括在俄罗斯也很受青睐。7世纪时，这项技艺从印度传到日本，此后在那里发展出多个流派。今天这门艺术已经成为日本文化生活的象征。

日本造型艺术的优雅简洁也十分引人注目：漂亮的漆器、花瓶、各类镶嵌图案、铜器、象牙制品、屏风、扇子，等等。它们的价格都很昂贵，人们一般只能在展览会或是首饰店的橱窗里欣赏它们。那些凝固在优雅简洁线条里的情景和细节，取自日本人崇尚的大自然。大自然的灵气和秀美通常会被日本人融入到自己的艺术创作中。直到今天，这仍是欧洲人了解这个独特而矛盾的国家的桥梁。

甚至日本政权的政策都是矛盾的。有个典型的例子：在哈尔滨的俄罗斯人不能不注意到，日本人非常重视维护俄侨的老墓地，尽管那里安葬着他们曾经的敌人——俄国人。这体现着国家的政策。日俄战争期间牺牲的俄国军官分别被安葬在旅顺口、奉天（今沈阳）和哈尔滨。在清明节期间，当俄罗斯社会组织活动时，总会有日本官方代表的身影。但在1904年，日军突袭了俄国舰队，却表现出了十足的阴险！

1904年俄罗斯舰队中的一艘炮舰“斯乌奇号”[①]从旅顺口撤退，途中沉没在辽河的下游。它在河底沉睡了差不多40年，完全被泥沙覆盖。在太平洋战争最激烈的时候，经过长期不懈的搜寻，日本人终于找到了这艘炮舰，并把它拖上岸[②]。船上的所有装备都

①“斯乌奇号”炮舰于1884年在斯德哥尔摩造船厂出坞下水，是当时俄国舰队最先进和装备最完善的炮舰。排水量为940吨，舰身长度为187英尺，宽度为35英尺。

②译者注：“斯乌奇号”，该舰并未被日本人打捞上岸，日本人只来得及搜掠了一、二两层船舱，还没到第三层船舱就因河水暴涨而停止作业。1958年大炼钢铁运动期间，辽宁省盖县组织民工打捞了沉船，获得少量金银，还有其他金属及钢材。

完好无损，搜寻者的战利品十分丰厚。除了2000发步枪子弹和100支左轮手枪外，还有银质烛台。日本人在军事极其困难时期得到了200吨铜、800吨铁、200吨特殊铜合金和6个蒸汽锅炉，它们试想！全部被日本舰队派上了用场。

日本人为何采取艰难且耗资昂贵的行动，其目的一目了然。但海军官兵的遗体被转交给了俄罗斯侨民事务局，并按照东正教仪式进行了安葬。一起移交的还有奇迹般保存下来的海军军帽，帽子上有带黑色的飘带，赫然写着舰艇的名字。移交之前，海军舰员的遗体被安放在新京（即长春）的佛教寺庙里。

值得注意的是，在满洲居住的日本人还有其他特点，他们对整洁和秩序极为重视。但俄罗斯人还是小心翼翼地对待日本人，因为对于俄罗斯人和中国人来说，日本人就是侵略者。此外，老一辈俄罗斯人对日俄战争记忆犹新，也包括我的外公，他在俄国困难时期曾在中东铁路工作过。此外，他们还强迫俄罗斯青年学生接受他们的那些与欧洲文化格格不入的礼节，包括祭扫纪念碑、向日本天皇和“满洲国”皇帝宫殿的方向鞠躬、在节日里朗读诏书等。

日本在30年代中期已经在亚洲大陆崭露头角。几年后它开始了极具破坏性的“伟大的亚洲战争”，无论是给参战人员，还是给自己的人民所带来的灾难都是毁灭性的。

但在这个充斥着古老俄罗斯精神的小岛上，在他人意志的压迫下，人们的生活还在继续。尽管“俄侨的哈尔滨”接下来的历史篇章依然是乌云密布！

雾中的火焰

《雾中的火焰》是记者兼作家弗·尼·伊万诺夫在1932年出版的一本描写哈尔滨的文集。这本书的书名言简意赅，寓意深刻，十分准确地定义了俄罗斯刊物在侨民中的作用。报纸、杂志、文集、文选、书籍成为真正的飘忽不定的“雾中的火焰”。愁云惨雾笼罩着身处异国的俄罗斯侨民，一簇跳动的火焰为他们送来些许光明和温暖。俄文出版物是他们获取世界和中国局势的信息来源，阅读这些出版物是他们的精神寄托，是保存民族性的主要途径。

众所周知，“俄侨的柏林”是俄罗斯侨民出版界的中心，这毋庸置疑！柏林再版了俄罗斯经典作品、教科书和各类新读物。在第二次世界大战以前，书籍基本无国界，流通得比人更快，出版后不久就神奇般地出现在任何有俄罗斯人居住的地方，摆在那里的图书馆里和书店的书架上。

外国出版社的书籍也会流到远东的哈尔滨和上海。但这些文化中心都有自己的出版社，它们出版的书籍也在国外发行。当时，著名的“鲁巴金阅读基金”就是上述图书交流活动的缩影。

住在西方的俄罗斯著名藏书家尼·亚·鲁巴金（Н.А. Рубакин），向所有外国作者和出版商求购他们出版的书籍。“我的图书馆……是俄罗斯境外最大的图书仓库。一旦有机会，我就把这些书都运回俄罗斯，使它们成为公共资源……”请注意“运回俄罗斯”这句话。事实也是如此，在第二次世界大战结束后，鲁巴金真的就把自己收藏的图书全部运回了祖国。这位富有传奇色彩的人物是一个真正的勇于为书籍献身的人。他是俄罗斯爱国知识分子，对出版物的力量深信不疑（如果您有幸在图书馆看他发回祖国的书籍，请注意看他的藏书签）。

图书馆在“俄侨的哈尔滨”文化生活中的意义，今天已经无法重新评估。在那个年代，图书馆对于城市各阶层居民来说就是真正的大学，是建立在俄罗斯文化传统基础上的美学和爱国教育中心。

1901 年，哈尔滨的首家图书馆开馆，到 1927 年为止全市已有 25 家图书馆，藏书量达 25 万册，所有书籍当地居民都可借阅。

在早期哈尔滨图书馆史中，1906 年设在格鲁吉亚协会里的公共图书阅览室享有很高的声誉，它由个人倡议创办。据《生活新闻》报记载，伊·列·哈因德洛夫（И.Л.Хаиндров）在图书馆的建设中发挥了重要的作用，他在格鲁吉亚侨民中筹集到了数目可观的资金用于建设图书馆。

1926 年开设了市立公共图书馆，和当时世界各地的图书馆一样，采用了国际通行的九级管理体系。馆藏是俄语图书，分为俄语和外国小说文学、儿童文学、社会和精密科学、语言学、历史学、文学等。

20 世纪最初十年，中东铁路机械总厂俱乐部所建的哈尔滨铁路俱乐部图书馆可能是城市最早的专业图书馆，而基督教青年会[①]图书馆则以馆藏最丰富著称。这是我经常去的图书馆。带着青年的狂喜和迫切，我把早就查好的书借回家，包括儒勒·凡尔纳、大仲马、各类英语小说和俄罗斯名著，回到家后，如饥似渴地阅读。

各国侨民组织（社团）也设立了图书馆，例如“波兰之家”俱乐部和犹太文化戏剧协会等都有自己的图书馆。很多书籍都存放在私人图书馆里，如博季斯科（Бодиско），谢尔库诺娃（Щелкунова）等。每所学校都设有自己专业的图书馆。

1926 年，中东铁路管理局在现有的铁路俱乐部图书馆基础上建立了中央图书馆，以满足铁路员工对科技工业图书的需求。

1925 年，拨款购买了几百本指定的四种欧洲语言和汉语书籍，其中许多书籍来自苏联。中央图书馆修建了新的藏书库，出版了专业的图书索引。图书馆运营获得的巨大成功，馆藏的不断丰富和读者人数的持续增加，得益于众多教育机构和社会各界的广泛支持。

那么，大家都在读什么书，有着怎样品味呢？1927 年尼·特利丰诺夫想找出这个问题的答案。根据各图书馆的统计，他得出结论，约 80%的读者会选择小说类文学作品。在俄罗斯名著中，陀思妥耶夫斯基最受欢迎，其次是托尔斯泰。学术类书籍的读者很少，在这类书中读者较多的主要是历史类，尤其是近年的回忆录很受

①基督教青年会：国际教育组织，成立于 19 世纪中期。青年会有两个分会，一个在俄罗斯彼得堡（1900 至 1918 年），另一个在中国哈尔滨（20 世纪 20 至 40 年代）。

欢迎(当然在这种情况下指的是广大读者)。

像很多行业一样,也出现了个人经营的非公益图书馆。读者花钱就可以把书借回家。在哈尔滨建城的最初十年，这种经营方式很有市场。

除了国外的出版社,哈尔滨当地的出版社也为图书馆提供图书,在此无法一一列举。在书籍上往往只能找到印刷社的名称。本地出版的主要图书有:教材和参考书、词典、俄罗斯名著、小说文学(俄罗斯作家和外国译著)、学术成果(主要是东方学、经济和法律类图书)、宗教道德图书、诗集和当地作者的小说集、文选、日历和纪念文集等。

大多数书籍(尤其是在40年代战争时期)的外观都不尽如人意，但也会有装帧设计得很漂亮的书，例如列·卢基扬诺夫(Л. Лукьянов)出版的儿童读物等。令人难忘的是,为了纪念伟大的俄国诗人普希金逝世100周年,1937年印制的所有挂历、杂志、毕业照和文集等出版物都被印上了普希金“头像”。当年哈尔滨出版了《亚·谢·普希金选集》[康·伊·扎伊采夫(К.И.Зайцев)作序]和《俄罗斯与普希金:文集》(1837–1937)。与许多在国外出版的图书一样,如今这些图书都成了稀有藏品。

谢·帕伊恰(С.Пайчадзе)在《远东图书业》一书中提到,研究表明，在第一次世界大战之前，哈尔滨的印刷厂数量不少于符拉迪沃斯托克(海参崴)、哈巴罗夫斯克(伯力)和布拉戈维申斯克(海兰泡)。自1899年起，哈尔滨就开始印刷书籍,4台崭新的印刷机被安放在未来城市中刚建好的一栋房子里。

在建城初期，哈尔滨的印刷厂有俄国的中东铁路印书局、外阿穆尔边区护路队印刷厂、“劳动”印刷厂，以及中国的印刷公司商务印书馆等。

最早的俄文报纸《哈尔滨》和《哈尔滨日报》与这座城市差不多同龄，若干年后又出现了《生活新闻报》。20 年代初期，已发行 10 余种报纸，而当时讲俄语的居民不到 10 万人！《满洲杂志》在 1926 年这样写道：“这不仅对哈尔滨，甚至对整个俄罗斯远东都是空前的。对于旅行者，尤其是从西方来的人来说，哈尔滨在这点上是个真正的谜，只有深入到这座城市的日常生活中，才能明白它的兴趣和品味所在，才能懂得这不寻常现象的历史原因。”

总体上来说，那时的新闻界精彩纷呈，且变幻莫测。街头小报和政治类报纸在残酷的竞争下通常转瞬即逝，来无影去无踪，一如它们的诞生一样没有留下任何痕迹。说新闻界丰富多彩，是有理由的：从具有最高权威的《光明报》到共产党报纸《白昼》，迥异不同的各类新闻出版物在哈尔滨共生共存。1920 年创刊的《霞光报》比其他报纸坚持得更久一些。那时，大部分移民刊物都带有反苏观点。30 年代，《哈尔滨时报》和法西斯分子的报纸《我们的路》在日本当局的支持下得以发行。当时发行量最大的报纸是亲日的《日报》(2.5 万份)，而中立的《霞光报》在最后几年发行量比它少(1 万份)，但很受欢迎。《我们的路》发行量较小(4000 份)，报纸办得很招摇，不过它只代表极少数俄罗斯移民的观点。他们把自己和俄罗斯法西斯党的思想混杂在一起。这个党是一个政治组织，在远东活动了不到十年[1](该组织在上海也出版了《民族》杂志)。

①美国著名历史学家约翰•斯蒂芬在《俄罗斯法西斯党员：移民的悲剧和闹剧(1925—1945)》一书中对俄罗斯法西斯党做了详细的描述。该书俄语译本于 1992 年由俄罗斯话语出版社发行。

除了当地的新闻和官方提供的国际信息外(40 年代在日本政权占领期间有很严格的书报检查),报纸上经常会刊登各种文章和随笔,俄罗斯的重要历史纪念日、作家、作曲家和画家的生平和作品。许多演出和戏剧的节目预告都会伴有艺术理论和简要的历史说明。报刊上还出现了权威性的文学艺术报告的摘要,方志学和经济类信息。通过报纸上的日常阅读获得点滴的知识积累,还是能够让人汲取俄罗斯和世界文化的丰富养分。

翻开 30 年代的报刊合订本,可以看到世界各地通讯社有关当时重大国际事件的报道:英国爱德华八世退位;日本“神风”特攻队创造新的飞行纪录,从东京飞至伦敦用时 94 小时 13 分 56 秒;溥仪弟弟在东京与侯爵嵯峨公藤的孙女嵯峨浩结婚;德国飞艇“兴登堡号”(Гинденбург)在美国莱克赫斯特海军航空总站(Лэйк-Хэрст)飞艇坪爆炸,死伤惨重;亲日派在上海和其他地区发动事变。而涉及苏联的消息都很有选择性。逮捕布哈林、皮塔科夫、拉德卡……在苏蒙边境发生冲突事件——错误在“那边”……

还有我们都熟悉的广告——这个能带来丰厚利润的业务,是所有出版社竞争的焦点。日本公司的名称越来越多地出现在广告里。还有当地的犯罪简讯,杀人、偷盗案件……与红胡子匪帮斗争等。还有很多实用的生活小贴士,用今天的眼光来看,也都很有借鉴之处,如何烹调,如何保养自己,编制、缝纫、儿童教育,以及如何不失去丈夫的爱等等。还有图书导读建议,例如读(或重读)哪些作者的书,甚至是按什么顺序读等等。

《喉舌报》和《霞光报》中的“女性专栏”很有趣。尽管其中大部分都是从西方杂志上转载过来的陈词滥调,但还是能令人感到温暖和真诚，表达了对真诚的追求和对女性读者支持的渴望。在《真诚的思想》栏目中，读者可以与富有传奇色彩的专栏记者通信。我想，与读者间的这些对话是报纸提供的一种独特的“信任”服务。那些有着“卡里奥斯特罗”“梦幻公主”“当代唐璜”“满洲童话”等奇异笔名的专栏记者可能不止一次地把人们从痛楚的现实生活中解脱出来，这种彼此信任的沟通有可能成为某些人的精神支柱。

再来讲一下哈尔滨的“灰姑娘”维拉·弗谢沃洛德夫娜·卡尔米洛娃[①]（Вера Всеволодовна Кармилова）的记者生涯。许多年来，她都在报刊上发表关于道德教育的文章，带有惊人的智慧，没有任何空谈和说教。这里权且引用几句:“应该学会笑！”“心灵的力量借不到也买不到。”“在家很好，做客也不错。”“诗歌好似圣诞树。”我觉得她写的很多内容在今天也依然具有现实意义，是面向更广泛的读者群的，远远超出了当时的俄罗斯侨民范围。“有多少被扼杀的天才和事业，有多少被破坏的家庭，堕落的孩子们无从挽救，我们看到的一切就像酒神巴克斯时代的场景？！”“灰姑娘”在一篇文章中写道。“18 岁的青年，经济独立，身体健康，天赐禀赋，在与母亲发生争执后，拿起左轮手枪就想自杀……在这个纷繁复杂、丰富多彩的时代怎么竟会这样？也许，一片昏暗中，令人心碎的‘吸食可卡因的聚点’和各色的鸡尾酒迷惑着 18 岁的青年，而这超出了他们正常的承受力，美好和伟大的生活召唤只能在他们身上引

①维拉·弗谢沃洛德夫娜·卡尔米洛娃（出生于库达舍夫公爵家族）于 1897 年出生于切尔尼科夫市。中学毕业后，在军医院当护士。1915 年嫁给禁卫军中尉亚·亚·卡尔米洛夫。1922 年卡尔米洛娃一家移民到哈尔滨。1945 年，她的丈夫和做律师的儿子被逮捕并被押回苏联。丈夫在途中逝世，儿子在被关押 11 年后得到释放并得到平反。卡尔米洛娃离开哈尔滨后到美国生活，直至 1991 年去世。

起一种微弱的回响?!”

毫无疑问，书刊里的类似文章对女侨民来说就是精神上的莫大支撑。即便是现在,我们也只能心怀忐忑地想象着这些难民的命运,尤其是女性。她们肯定是首先受到伤害的人。作为难民,她们的命运构成了侨民史上沉重的一页。

在描写西方俄罗斯侨民生活的回忆类文学作品中可以看到，将军的女儿在饭店里端盘子或是落入某个富翁的“金笼子”里,这算是幸运的,而更糟糕的是去当妓女。在俄国革命后流亡到满洲大地，随后又从哈尔滨去了上海或其他港口城市的俄罗斯女性的命运却鲜为人知。

侨民妇女的命运是当时极为现实的问题，不能说在那些年没有被关注到。相反,在远东侨民的书刊上发表的那些关于俄罗斯政治的辩论中经常能看到这个令人棘手的问题。例如,《俄罗斯札记》(巴黎—上海,1937 年)在描绘俄罗斯人生活的概述中强调,根据社会人士对 30 年代中期上海的女侨民所做的调查,得出了很沉重的结论:大多数独身女性都生活在“水深火热”之中。

在像上海这样的大城市里似乎会找到很多生存机会。不过非常遗憾！有人在一篇随笔中提到,只是在远处望着上海的灯光,它才显得更加迷人和鲜亮。但实际上,无论是从事脑力劳动、体力劳动,还是专业性强的其他工作,上海的劳务市场都限制使用女性。作坊和沙龙雇用的都是廉价的中国工人，这也就导致了一些女俄侨只能在酒吧和舞厅里服务,有时干脆就做了妓女。[①]

①关于女俄侨在上海娱乐场所和夜总会服务的记载可以在许多外国作者的文章中找到。1985 年弗·彼得罗夫(В.Петров)在华盛顿出版的《黄浦江畔的城市》中提到,在过去,这座城市的居民认为记者的判断很夸张。

在哈尔滨则是另一番景象：这里有很多教授专业技能的培训班，而且最重要的是还有招收专业女工的需求。由此可见，有招收女工的需求，首先是因为在满洲居住着数量众多的俄侨。

但在哈尔滨也还是有遮遮掩掩地招聘女性从业的，这些都能在旧报纸的广告中看到。请仔细阅读："招聘女孩陪同旅行。""小吃部招聘有文化的俄罗斯小姐，女难民优先。"（为什么选难民呢？是搞慈善吗？还是考虑到她们会珍惜这个职位，从而勤奋努力地工作？）"咖啡厅……邀请有文化的舞女。"看看吧，招聘对象可不是随便什么人都行，而是要有文化！这在某种程度上是对"有文化"的玷污，这可真是俄侨悲哀的一面啊！

哈尔滨的女侨民非常需要获得精神道德方面的支撑，一如在物质方面需要掌握专业知识一样。

值得一提的是，《喉舌报》和《霞光报》及其他机构长期开设的培训班、手工展览和各类竞赛，有关此类活动的报道经常见诸报端。1930 年，"灰姑娘"卡尔米洛娃也在商务俱乐部首次组织了女性作品和手工展。所有展品都销售一空，参与者还获得了物质奖励，此类定期在哈尔滨举办的展览很受欢迎。我的母亲就是一个忠实的展览会爱好者，常领着我去参观造型艺术和手工艺展览会。我们总是满载而归，作为童年的回忆，一些物件保留至今。

对于"俄侨的哈尔滨"的广大读者来说，文学艺术类杂志深受喜爱。在 20 年代有《锣》《巨浪》和《蓝色》杂志，最后一份杂志我从未见过，但根据诗人、记者米·茨·斯普尔戈特（М.Ц.Спургот）的记载，杂志由米哈伊尔·安恰罗夫（Михаил Анчаров）编辑出版。杂志中发表了米哈伊尔·巴尔塔舍夫（Михаил Барташев）、斯普尔戈特、费多尔·卡梅什纽克（Федор Камышнюк）、泰西亚·巴热诺娃（Таисия Баженова）等的作品。此后，又出版了杂志《亚细亚之光》和最持久、最受欢迎的周刊《边界》，后者的出版时间为1927年至1945年（这一点我记得很清楚，因为每周六中国人王先生就会给我们送来带有新鲜墨香的杂志）。

《边界》并不是一份真正意义上的文学杂志。它刊载的内容不仅有诗歌、小说、随笔，还有当地新闻、图书目录、实用小建议、填词游戏（当时俄语叫作"纵横字谜"），等等。

《边界》杂志不属于某个文学艺术团体（就像上海的《星期一》杂志也是同样），它是在哈尔滨拥有印刷厂的《霞光报》的一个商业项目。叶·谢·考夫曼（Е.С.Кауфман）在哈尔滨曾任杂志社的经理。米·谢·罗科托夫（М.С.Рокотов），即比比诺夫（Бибинов）做了多年主编，他于1985年在美国病逝。

《边界》杂志共有24页，节日期间会增加到30—34页。杂志规格为31×32厘米（40年代杂志的尺寸缩小了）。每期杂志里都发表七八首诗歌，两三篇当地作者的小说，一两篇翻译过来的外国小说和小说连载。还有篇幅不大的图书目录，介绍远东和西方出版社的新书。

为《边界》杂志供稿的不仅有当地的记者，还有西方记者。30年代里有：亚·弗·阿姆菲捷阿特罗夫（А.В.Амфитеатров）（罗马）、弗·尼·温科夫斯基（В.Н.Унковский）（巴黎）、塔·巴热诺娃（旧金山）等。萨沙·切尔内（Саша Черный）和其他俄侨作家也为杂志撰写文章。

《边界》很愿意发表当地"自己人"的作品。很可能每位哈尔滨文学家都在该杂志上发表过文章。阿尔谢尼·涅斯梅洛夫、瓦西里·洛金诺夫（Василий Логинов）、康斯坦丁·萨布洛夫（Константин Сабуров）、米哈伊尔·什梅谢尔（Михаил Шмейссер）、阿尔弗莱德·海多克（Альфред Хейдок）、鲍里斯·尤尔斯基（Борис Юльский）等人的处女作都是在《边界》上发表的。

他们随着第一批移民来到这里，作为上一代文学家的代表，他们都写了什么？首先是俄罗斯人及其儿女们在异乡的命运，侨民之路上的日常生活，然后是第一次世界大战前线发生的战事及国内战争等等。

1929年弗·尼·伊万诺夫在自己的一篇随笔中对那些主题琐碎的小说充满抱怨，像是对哈尔滨十年侨民文学做了一个总结。他写道："想象不到，剧情会发展到什么程度……那杰克·伦敦又会怎么处理这些剧情呢？"

的确如此，满洲北部是个独具特色的地方，它拥有独一无二的自然风光，这里的森林、草原、高山、平原都以其呈现出来的原始美而使人怡然陶醉、流连忘返。在尚未开发的森林里，尤其是在哈尔滨东部的森林里，有的是参天大树和到处攀爬的藤蔓。森林里住着的动物和鸟类从未受到人类活动的惊吓。在这里流传着各种各样的故事，既有满洲森林原住民的传说、习俗和迷信，也有时常面对死神的前俄国军官的命运，还有身处险境几乎绝望的哥萨克。这些都包含在作品丰富的情节当中，体现在典型人物的身上。弗·尼·伊万诺夫提到杰克·伦敦时，指的难道不是这个吗？

事实上，以此为创作源泉的作家，只有阿尔弗莱德·海多克（其中一两部小说），大自然研究者尼古拉·巴依科夫及随后创作了小说《森林中的人们》的鲍里斯·尤尔斯基，他们的这些作品都是以满洲为背景的。

阿尔谢尼·涅斯梅洛夫以战争为主题的作品和瓦西里·洛金诺夫描写乌拉尔地区的作品也都相当出色。但在哈尔滨的俄罗斯人中，没有来得及产生很有名的散文家，这只是我个人的看法。

还有“诗歌浪潮”，尽管诗人的天赋和手法各有不同，但我觉得时隔多年，这些诗读起来仍然很有意思。老一辈诗人也笔耕不辍，他们的作品首先是描写俄罗斯的。在哈尔滨的侨民诗人中包括最有天赋的阿尔谢尼·涅斯梅洛夫、深谙音乐的阿列克谢·阿恰伊尔（Алексей Ачаир）和被战火点燃的列奥尼德·叶申（Леонид Ещин）、喜欢触及复杂命运题材的亚历山德拉·帕尔考、好战且永不妥协的玛丽安娜·阔洛索娃（Марианна Колосова）和安静而信仰上帝的奥尔加·斯阔比琴科（Ольга Скопиченко）。所有这些天才作家的身上都留下了一个相同的侨民烙印：贫困、幻灭及失去祖国的切肤之痛。

随第一次移民潮来到这里的人们——我觉得比第二批侨民，即那些在异国他乡出生或成长的“远东”侨民，生活得更艰难。虽然第二代侨民出生或成长在这里，但他们也同样饱尝过精神空虚和为生存而奋斗的艰辛。他们是否也像侨居在西方的同龄人一样，被弗·瓦尔沙夫斯基[①]（В.Варшавский）形象地称为“被埋没”的一代人呢？我想在“俄侨的哈尔滨”长大的第二代文学家比在西方卷入第二次世界大战的同龄人要幸福得多。可是谁能用一个答案

①弗·瓦尔沙夫斯基是著名著作《被埋没的一代》（纽约，1956年）的作者，他在该书中描写了西方的俄罗斯侨民作家。

来回答所有问题呢？

这代人的诗歌中也有爱国主题，像叶·涅捷尔斯卡娅（Е. Недельская）、瓦·奥布霍夫（В.Обухов）、戈·萨托夫斯基（Г. Сатовский）、米·沃林（М.Волин）、弗·斯洛博奇科夫（В. Слободчиков）等。当然，他们的作品没有上一代诗人所特有的烙印——那份“背井离乡”带来的忧伤情感。

尼娜·扎瓦德斯卡娅（Нина Завадская）是这一群体里最年轻的诗人，她只活了16岁，却写了几十首很棒的诗，然而就连她都写道：

没有白桦树亦无醋栗丛，
没有什么值得歌颂，
那个称为祖国的国度，
依然陌生，
可我愿意为她献出自己的生命。

尼娜·扎瓦德斯卡雅倾诉衷肠的诗歌多么令人感慨啊！这几句诗歌，被她那个时代的哈尔滨人广为传诵，时至今日记忆犹新。这意味着，这些诗句已被人们深深地铭记在心里。

米哈伊尔·斯普尔戈特、法因娜·德米特里耶娃（Фаина Дмитриева）、拉丽萨·安德森（Лариса Андерсен）、娜塔丽娅·列兹尼科娃（Наталья Резникова）、叶丽扎维塔·拉钦斯卡娅（Елизавета Рачинская）的抒情诗也很受欢迎。他们当中大部分人的处女作都发表在《边界》杂志上。年轻的弗·萨拉特科-彼得利谢（В.Салатко-Петрище），以瓦列里·别列列申（Валерий Перелешин）为笔名的作品也首次刊登在《边界》杂志上，此后他成为著名的诗人和翻译家，不久前在巴西逝世。

说到《边界》杂志，按照当时的标准，应该说它的插图配得相当好。从封面开始，不仅表现了东方的习俗和生活，还成为人们了解西方的窗口，因为很多文章都是转载自当时欧美出版物。斯卡莫尼–沙普申斯基（Скамони–Шапшинский）、阿洛夫（Алов）、阿布拉姆斯基（Абламский）等人的摄影作品也深受人们喜爱。摄影师们用光影记录了分布在远东各处的俄罗斯侨民和他们的生活。但终究如古老的中国一样，那一切也只留在了照片里。

在30年代中期前的《边界》杂志上，由天才漫画家弗·扎基巴洛娃（В.Загибалова）供稿的《维塔的漫画》表现出色，后来她去了美国，在迪斯尼公司工作。她的漫画总是那么友善，在思想上则是一针见血。漫画的内容主要描绘巡回演出、节日和各种风俗。维塔离开哈尔滨对杂志是个很大的损失。这是任何类似于《笑话篇》的栏目都弥补不了的。

在《边界》杂志办刊的最后几年，无论是内容还是外观（纸张和印刷的质量），它的吸引力都大不如前。这充分反映出整个满洲地区当时在日本军队占领下和亚洲战争前夕的总体状况。尽管《边界》比起其他杂志更远离政治，但在它的页面上还是出现了关于亚洲战争和“大日本帝国”的文章。杂志本身继续刊登俄罗斯作者定期发表的有关当地音乐和戏剧生活的文章，这也说明了文化生活的火焰还没有熄灭。

1945年8月，苏联军队解放哈尔滨后，杂志停刊了。今天《边界》杂志已经成了珍品图书。当时，在三四十年代，《边界》作为俄语作品的载体，遍及俄侨聚集地。1943 年《边界》杂志在新年卷首语中写道："《边界》杂志创刊 15 年来，可以列举很多事实，当杂志作为唯一的俄语刊物出现在有俄侨居住的岛屿上，出现在非洲侨民区，甚至还出现在了有许多俄侨流亡的德黑兰。"例如还有一位远在桑给巴尔岛的读者写道："当我的朋友从贝尔格莱德寄来几本贵社发行的哈尔滨杂志时，我才意识到自己把母语忘得差不多了。这几本杂志，我已经反复读了好几遍。这 5 本薄薄的用俄语写的杂志给我带来多少快乐，很难向您表达。它们使我了解到了我的同胞在东方的生活，以及他们如何能够在背井离乡的情况下还能为俄罗斯文化和俄罗斯艺术做出贡献。"

儿童月刊《小燕子》在哈尔滨也很受欢迎。这是远东唯一的一本儿童杂志，发行时间为 1926 年至 40 年代中期。杂志骨干是集编辑、作者、画家为一身的"尤尔卡"——叶·亚·瓦西里耶娃[①]。

杂志的封面色调鲜明，内容丰富多彩，还有很多插图。杂志的内容有诗歌、童话和小说，还有各种专栏："为什么？"栏目介绍有益的知识；"想一想！"栏目里是谜语、画谜、字谜；"我们的读者——自己当作者"，这个栏目主要发表小读者的诗歌作品。

有两页篇幅的"顽皮的鲍普卡"系列故事是最受小读者欢迎的，讲的是小男孩尤尔卡和小狗鲍普卡的故事。这个系列故事是由精力充沛且乐观向上的叶·亚·瓦西里耶娃精心编写的。她创作的很多剧本和诗歌为圣诞节的儿童表演增添了光彩。

---

①叶莲娜·亚历山大罗夫娜·瓦西里耶娃（Елена Александровна Васильева）生于阿什哈巴德，儿时随家人移居到哈尔滨。中学毕业后，开始为《喉舌》杂志青年栏目写文章，从此踏上儿童文学创作之路。据记者叶·谢恩嘉尼娜证实，瓦西里耶娃是俄侨界唯一一位儿童作家。她于 1979 年在美国逝世。

40 年代，在哈尔滨还发行了 2 本宗教杂志：一本是《教会公报》[①]，属于东正教宗教哲学文学类杂志，责任编辑是大司祭弗·古利耶夫教授。另一本是哈尔滨教会出版的《天粮》画刊，其主要内容为道德伦理类。

除上述期刊外，在哈尔滨还有文学联盟和高等学校出版的发行量很少的报纸、杂志、专业论文集和专著等。

“俄侨的哈尔滨”就是这样通过报刊杂志等形式支持侨居国外的同胞，教育年轻一代，为巩固俄罗斯文化的根基和发扬本民族的传统做出了贡献。

---

①圣约翰神学教会（1934 至 1945 年）出版的杂志，该教会隶属于哈尔滨圣弗拉基米尔学院神学系。

教　师

众所周知，没有谁能够像个性鲜明、才华横溢的教师那样对一个人的未来产生更大的影响。在哈尔滨聚集着相当一部分知识分子，他们在十月革命后离开祖国，其中有不少人是教师。这些教师有来自彼得堡和莫斯科的大学的，还有从别斯图热夫女子学院和俄国其他著名高等学府走出来的。他们尽职尽责地履行着极不易完成的使命——不仅向未曾见过自己祖国的年轻一代传道授业，还要传承和弘扬那个伟大国度的文化。

如果说哈尔滨的整个俄罗斯教师队伍都是由职业教师组成的，那是不确切的。事实也绝不是这样！有些教师甚至连最基本的教学法都不懂，但他们所有人都知识渊博，有着深厚的文化素养。他们的学生对此更是印象深刻。我问过很多老哈尔滨人，为什么对老师的记忆如此深刻。他们回答说，铭刻在内心里的不仅是他们的知识水平，还有个人魅力。不是他们的外表也不是举止做派，而是他们有能力点燃课堂上每个学生的激情，吸引着他们走进学术的殿堂。

前面提到了来自不同高等学府的教师，但这里还是先介绍一下哈尔滨的学校。

1898年，首所俄罗斯学校在哈尔滨设立，该校是由中东铁路出资创办的。1906年，中东铁路管理局设立了专门管理教育机构的教务处。那时哈尔滨已有16所学校，共计1886名学生和38名教师。教务处统一管理所有学校的教学和行政事务，并提供必要的教材。

1906年初，开设了两所经济类的学校（男子学校和女子学校），不久后，这两所学校就因高端人才辈出、实验室设备和教学设施完善，以及图书馆的馆藏丰富而闻名于世。学校建设工程宏伟，符合当时的要求。学生主要是中东铁路俄罗斯员工子女，也有中国学生。

小学生合影

这两所专科学校共有8个学年和2年预科。除学习基础科目外，还开设了俄罗斯中学的课程。即使是商业学校，美术教育也同样得到了高度重视，学生们不仅要学习绘画和雕塑，还要了解艺术史。学校开设的科目中还包括商品学、会计学、贸易学，还为学生提供了学习外语的良好条件。此外，学校还开设了师范和东方学的课程。

才华横溢的俄罗斯教育家、管理专家尼·弗·波尔佐夫（Н.В.Борзов）掌管着专科学校。从俄罗斯聘请来的教师都很专业，由于教学质量优良，这些学校很快就得到了人们的认可和欢迎。

我的母亲毕业于女子商业学校。她在那里受到了良好的基础学科的教育，得到了不错的体育锻炼，并且熟练地掌握了外语。这使她在以后能够胜任翻译工作并以此养家糊口。①

与此同时，由个人倡议设立的各类中等教育机构也在哈尔滨得到了迅速发展。那时就已经开设了玛·亚·奥克萨科夫斯卡娅（М.А.Оксаковская）中学和米·谢·戈涅洛佐娃（М.С.Генерозова）中学。30至40年代，在哈尔滨还开设过英国学校、美国学校。波兰人也有自己的中学，命名为戈·显克维奇（Г.Сенкевич），在最后几年，由于波兰政府停止资助，学校只能自负盈亏。德国侨民也有自己的学校（兴登堡学校），教师们都用母语授课。

当时的俄国学校，都是按照俄罗斯的教学大纲安排课程。而后来“满洲国”教育厅下了指令，在科目中增加了新的课程（日语、

①目前，在美国有中东铁路哈尔滨商业学校毕业生协会。该校师生在《哈尔滨中东铁路商业学校》杂志上发表了多篇回忆录。该杂志自1956年至1974年在旧金山出版，由当时任教的尼·彼·阿夫托诺莫夫主编。

东方学和伦理学)。与此同时,在哈尔滨还有一所十年制的学校,只有苏联籍的孩子可以在那里上学,这种情况是在铁路被出售后才出现的。

众所周知,对一名教师做评价有各种不同的标准,比如:他的学识水平、他的经验和教学方法等,但标准并不局限于此。事实上,教师的独特魅力也同样起到了决定性的作用,正是这一点让人终生难忘。在某些时候,当老师与学生交流时瞬间就会生出一种神奇的情感,突然间造就了那个老师的声望,而有时也可以说是青年学生对老师的爱戴。 因此,我想讲述一下那些 30 至 40 年代在哈尔滨学校工作的教师。不过,这里只讲述他们当中的几个。

尼古拉·巴普洛维奇·阿夫托诺莫夫 ①在众多的哈尔滨教师中相当有名。他不仅是一名在学校里教授俄语和历史的教师,同时还是哈尔滨文化启蒙的活动家,满洲教育事业(编著了《中东铁路哈尔滨商业学校的 15 年历史概述:1906 至 1921 年》)和阿穆尔河(黑龙江)沿岸地区教育史的研究者。当时的许多教材编者中都有他的名字。

在 1939 年去美国之前,他在第一中学教授俄语和文学。根据学生的回忆,他总是腰板挺直,口齿清晰。整个学年他都在督促他的学生们完成夏季作业——读俄罗斯经典著作中的必读作品。他的外号叫“米茨科维奇”,因为他上的第一节课,就是讲波兰诗人

①尼古拉·巴普洛维奇·阿夫托诺莫夫(Николай Павлович Автономов)(1885—1979)生于俄罗斯南部,就读于乌斯季梅德维季茨神学校和新切尔卡斯克神学院。此后他的命运与西伯利亚和远东息息相关。从涅任斯基学院历史语言系毕业后,应商业学校校长尼·弗·波尔佐夫邀请来哈。从商业学校辞职后,在哈尔滨各类学校任教,编写教科书,为杂志和地方志协会撰稿。1939 年赴美,继续从事俄语教学法研究。1947 年开始主持出版《帮助美国俄语教师》杂志。他共发表文章 280 篇。

米茨科维奇是如何赞美俄语这一伟大的语言的。

1974 年在墨尔本出版的由弗·尼·热尔纳科夫(В.Н. Жернаков)编写的小册子对这个有趣的人和他的教育事业做了详细的描写。令人遗憾的是，并不是所有知名的教师都有这样的文字来记录他们。

另一位教俄语和文学的教师名叫叶卡捷琳娜·德米特里耶夫娜·波热尔斯卡雅(Екатерина Дмитриевна Пожарская),她可能是别斯图舍夫女子学院毕业生。她教过的学生鲍·亚·阔尔丘金在未发表的随笔中这样描写道:“课堂上来了新老师,但她的样子好可怕啊！一个精瘦的女人,个子高高大大的,简直就像个当兵的。她的两眼反差很大:一只眼睛是褐色的,而另一只是蓝色的。她的两个眼珠滴溜溜地转个不停,头也总是晃动着……长时间看着她,人就会犯困……”。从这些描述中,完全可以想象得出男孩子们对她的印象。

但阔尔丘金在随后的回忆中所叙述的内容，却完全让人意想不到:“新老师刚好从前一位老师停止的地方讲起,5 分钟后她开始讲新的内容,课堂也随即安静下来。”大家都被她迷住了,连下课铃声都没听见。

多年后,阔尔丘金在分析当年的情况时说:“不能说这些课程为我们提供了多少渊博的知识和美妙的学习感受，也不能说这些课程为所学的科目做出了完美的解释，从而激发了我们对某学科的热爱。当时她上课时使用的语言有多么优美，我们直到现在才体会到。没有任何强迫或是威胁，她就把我们变成了最爱读书的人。那时候同学们之间相互竞争甚至彼此嫉妒，争先恐后地比着谁读的书最多，谁读的书质量最高……”而我也记得上学时听波热尔斯卡雅给我们讲的文化史课程，真是引人入胜啊！但那都是很久以后的事情了，那个时候她已经上了年纪。

另一位同样杰出的教育工作者可能要算达拉斯·彼得罗维奇·阔尔捷耶夫（Тарас Петрович Гордеев）了。他是著名的土壤学家，满洲地区研究协会①成员。

他总是穿着严谨周正的制服，过着苦行僧般的清苦日子。但令人啧啧称奇的是，在每年毕业式的“白色舞会”上，携着我们学校的某个女生跳第一支舞蹈——传统的玛祖卡舞的人都是他。在教我们的时候，达拉斯·彼得罗维奇已经很老了。他少言寡语，身上没有丝毫的世俗气息，依然是孤身一人。他的身上有着一个鲜明的特征，即忘我的科学研究精神。他的这份热忱也感染了他周围的年轻人。他会带着年轻的地方志学者到田野中去考察，让他们习惯于旅行，更重要的是，培养了他们对大自然和生灵的热爱。

这个谦逊博学的人给我们留下了美好的印象。他活了很久，最后在比利时的一家敬老院中去世，那是50年代为接收俄罗斯难民而设立的机构。那些散居在世界各地的学生共同筹款为他立了墓碑。

还有一位教师，尽管已上了年纪，但还是和青年们积极交流。他就是画家、建筑家彼·费·费多罗夫斯基（П.Ф.Федоровский）。他毕业于圣彼得堡皇家美术学院，随后在莫斯科工作。根据他的设

---

①译者注：即东省文物研究会，成立于1922年9月。1923年6月，东省文物研究会博物馆揭幕，1929年2月研究会关闭。协会成员由中俄历史、自然、地理等领域专家学者组成，主要从事自然、历史、地理研究，文物征集、文物考古调查和学术研究活动。

计方案，下诺夫格勒德、坦波夫、托木斯克和符拉迪沃斯托克都建造了一些古典式建筑。他在托木斯克工艺学院建筑系任教。作为风景画家费多罗夫斯基属于“巡回画派”，有时还会展出自己的作品。

他在哈尔滨教美术课。他是个性格活泼的人，善于交际，为人热心而真诚，非常积极地参加各种社会活动。他很长寿，1944 年在哈尔滨故去。

值得一提的还有，优秀的俄语和文学教师弗·谢·弗罗洛夫（В.С.Фролов）和弗·弗·佩列米洛夫斯基（В.В.Перемиловский）。学生们记得弗罗洛夫每天都会在上课前说一段简短的话。这些话通常与某个历史事件有关，充满智慧，一语道破天机。他当年的学生，如今已经是老人了，到现在还在回忆他的那些即兴讲话，一如他教授的那些课程。他给学生们的心灵播下了道德的种子，树立了精神的坐标，使他们终生都在秉承和奉持。

在来哈尔滨之前，佩列米洛夫斯基与著名教授法·弗·泽林斯基（Ф.Ф.Зелинский）在《艺术世界》杂志社共事。他发起了一个特殊的倡议，对拓展学生的创作能力极为有利。他编辑出版了年轻作者的诗集《当所有的一切都是这样柔软，既温柔又不成熟……》（哈尔滨，1923 年）。诗人瓦西里·奥布霍夫（Василий Обухов）在这个诗集里发表了他的处女作，此后他在远东俄侨中享有很高的声誉。而弗·弗·佩列米洛夫斯基本人也创作了多本有趣的俄罗斯文学史类图书。

在今天的俄罗斯，学校教师都要有符合教学要求的具体而确定的专业。而那时，侨居在国外的老师由于众所周知的原因都要上一系列的文科课程或理工课程。我现在经常想：他们是怎么做到的？这需要对课程做多么精心的准备啊！

在人文领域伊戈尔·亚历山大洛维奇·米兰托夫（Игорь Александрович Мирандов）是知识结构跨度很大的一位专家。他在哈尔滨基督教青年会学校教授英语和其他人文学科。他是个很有魅力的人，课讲得相当好。他举止高雅，风度翩翩，很是迷人。

作为教师，他的教学方法似乎打破了传统。他总是在快下课时总结当堂讲过的内容，把各种材料做一个汇总，而下一节课又总是从复习上一节课的内容开始。每当下课铃声响起，他的课程都会刚好停在古希腊的某个哲学流派上，而此时，他的脸上就会显出神秘的微笑（或者是我们的错觉），就好像在说，最精彩的还在后面。我们迫不及待地等着上下一节课，心情激动不已，都兴奋好奇地猜测着:下节课老师怎么开讲呢？他的记忆力非常好，总是能准确地从上次未说完的那句话开始。谁也没看到过他手里有任何用来提示的字条。他是个很有智慧的老师，每节课他都深思熟虑认真准备，所以能够生动地把教育和哲学思想传递给他的听众。

他教英语主要是让学生们阅读课文。这在当时是很普遍的（或许因为课堂上有太多的学生，也没有别的办法。这是在30年代末40年代初改革后实施的）。

对付调皮捣蛋的学生，伊戈尔·亚历山大洛维奇·米兰托夫用的也是西方教师常用的传统手段：很平静地叫出学生的名字，然后让他接受惩罚。选好书或课本的页数，定好量，让他抄写——惩罚作业。抄写完了下一节课时要接受检查。谁都不敢不完成作业，这招很管用。

第二次世界大战结束后,伊戈尔·亚历山大洛维奇·米兰托夫携家眷返回祖国。虽然年事已高,他还在从事着自己热爱的教学事业。70 年代,在他去世前,我得知他任教的那所师范学院的学生们也像我们一样爱戴着他。

30 年代,伊戈尔·亚历山大洛维奇·米兰托夫在哈尔滨出版了一本关于英语教学的小册子。书的第一章叫“教育是门艺术”。用这个篇章的标题来形容这个才华横溢的人是多么贴切啊!

不久前,在莫斯科有人向我提及了另一位老师——康斯坦丁·尼古拉耶维奇·兹维亚金采夫(Константин Николаевич Звягинцев)。他教俄语和文学,是位很有个性的老师。据他的学生们回忆,他是个有崇高爱国热情且勇敢的人。“他是为数不多的几位老师中的一位,他无所畏惧,敢于揭开事实真相,充满信心地描绘我们家乡的未来。我至死都不会忘记。”他的学生亚·波波夫-普列斯诺夫这样描述道。

在政治局势发生了巨大变化的岁月里,有一天日本当局逮捕了他,理由是他作为一名侨民,竟拜访了苏联总领事馆。在事发一个月后,他被释放了,整个学校为之欢呼雀跃。但喜悦很快被忧伤所取代:在监狱里他染上了伤寒,他的身体没能承受住折磨,因病去世了。波波夫-普列斯诺夫讲,在葬礼后,学生们都发誓要完成他的遗愿。他的遗愿就是热爱自己的故乡,相信故乡会有一个美好的明天。老师的这个遗愿在 40 年代具有特殊的意义,那个时候,祖国正处于战火纷飞的艰难时刻。

由此可见,当时学校的文学和历史课对于学生个性的形成起到了多么重要的作用啊！它们揭示了真理的绝对价值及其重大意义，使我们深入地了解了本民族的历史文化。难道今天它们的价值就不那么重要吗？

在声乐课上除了培养学生的审美趣味，有些老师还进行爱国主义和思想品德教育。在这里要提一下伊波利特·彼得罗维奇·赖斯基（Ипполит Петрович Райский），他不仅是一位好老师，还是伊维尔教堂唱诗班的指挥。

那个时候，声乐教育大都是在学校组建的合唱团的基础上发展起来的。学校的合唱团会在早课和晚课上进行一些小型演出，偶尔也会在大型的城市庆典上露面，例如，在纪念伟大的俄罗斯作家和诗人或者俄罗斯文化日的活动上演出。

赖斯基教授从事美学教育数十年，培养了大批正处在成长期的俄罗斯青年。他出生在奥伦堡，毕业于神学院。上学期间，他主修神学课，同时兼修了宫廷合唱团老师伊·亚维什涅夫斯基和米·亚·利西琴神父讲授的和声课。

他的职业生涯是从西伯利亚开始的，在那里从事音乐教育工作并指导交响乐演出。

赖斯基的儿子鲍·伊·赖斯基也是知名的音乐家，曾担任白俄罗斯广播和电视乐团指挥（现已去世）。小赖斯基在世时告诉我，1925 年他的父亲被派往哈尔滨，担任铁路俱乐部哈尔滨歌剧团的指挥和大提琴手。次年，赖斯基就得到了普遍的欢迎，随即成为学生合唱团和乐队的指挥，同时，还担任声乐教师。

赖斯基领导的国民高等学校学生合唱团在哈尔滨很有名。他们演唱的曲目都是俄罗斯民歌。他认为，教师在讲授声乐课和指导学生合唱团时，他们的任务，不仅是要教会学生如何发声和歌唱，而且还要唤醒他们对“艺术感受”的强烈欲望。无论是对演唱者还是对听众来说，这种“艺术感受”的需求都一样。

“女子中学的学生们很崇拜他，”现居澳大利亚的维·谢·纳格尔-车卡尔斯卡雅是他的学生，也是合唱团的成员，她这样回忆道，“他是个又瘦又矮的小老头，但当他站到合唱团的前面，我们就被他手指细微的指挥动作给迷住了，他的手臂没有像其他指挥那样夸张地来回摆动。”我在他的学生柳·米·别尔德尼克和叶·亚·奥波尔托夫斯卡雅的回忆录中也看到过同样的对他的描写。

除了指挥和编导歌剧，赖斯基还在早场戏上演出，表演霍米亚科夫、尼基金、托尔斯泰、罗蒙诺索夫、屠格涅夫的作品。在艰难的 40 年代，他还在铁路俱乐部的大舞台上编导了根据民间勇士赞歌改编的音乐剧《多勃雷尼亚·尼基季奇》。

在所有俄罗斯中等学校里，学校的晚会和演出在学生的生活中占有重要地位。会场布置很隆重，吸引了当地许多年轻人参与演出。在哈尔滨繁荣时期，晚会的组织者会尽量印制带演员名字的节目单。这些晚会通常是带有慈善性质的，所得的善款会用来帮助贫困学生。

在我就读的哈尔滨基督教青年会中学，这类晚会是学校生活中必不可少的。我参演的许多剧目至今还留在我的脑海里，有早场戏上纪念普希金、莱蒙托夫的诗朗诵，当然还有管乐队伴奏，校友们共同表演的舞蹈。学校里唯一的大礼堂是平时举办体育活动、正式活动及大型活动的场所。每逢晚会，学生们就用简易的道具布置舞台，大礼堂很快就变成了戏剧和舞蹈的天堂。在随后的几小时内,整个大礼堂都被节日气氛笼罩着。另外,这所学校的学生还用外语演出,主要是英语。

在哈尔滨的学校课程中外语课占有重要的地位。在这里我要讲述得更详细些,因为在某种程度上,外语的教学情况能够反映出这座城市的社会政治生活。

教授西语的老师——英语、法语和德语老师通常对他们所教授的语言都很精通。当时他们主要采用的是传统的教学方法,就像我以前提到的,学生们在课堂上就是朗读和复述课文,而像今天这样的口语练习是没有的。那时,外语学习更侧重于书面语,因为需要写的时候更多些(除了英国学校和30年代的哈尔滨基督教青年会中学英语部)。

在30年代,学校里还有作为选修课的汉语和日语,但是我觉得这两种语言的教学根本就谈不上有何体系,而是全部取决于老师。在当地的俄国学校里也有中国人当老师,他们在日本人统治时期回归传统,穿着民族服装(身着长袍,脚穿布鞋)。通常他们都很随和,不好意思批评学生,他们读着书上那些令人难懂的文字,在书的空白处有用铅笔标注的读音。当时还有一种这里独创的教学法:由中俄两名老师共同上汉语课,目的就是让学生更好地理解汉语,俄语老师可以在课堂上同步地做必要的解释。此后,汉语从学校的课程表中消失了,稍后,英语也未能幸免(太平洋战争一爆发,课程就取消了)。

教日语的老师有俄罗斯人,也有日本人。而日本老师通常不是专业教师,但他们都很有知识,也很有礼貌(至少是在我就读的学校里他们是这样的)。考虑到文字的特点和难度,他们通常不会教授太多的知识。也许俄罗斯教育家戈列加金创建的体系是最有益处的,这体现在一系列教材中。

与其他老师相比，日本人是否就不受顽皮学生的嘲弄了呢?我可不这么觉得。对于学生来说,他们都是老师,所以他们之间就没有区别。学生们的顽皮嬉闹是学校生活中谁也治不住的事。这与日本人在城市中的地位无关。这种学生的调皮捉弄对所有老师都是一样的。在学校里,至少在这个层面上,体现出了完全的“公民平等”。

如果想熟练地掌握日语,就像熟练地掌握汉语那样,这里不仅仅是指能在课堂上熟练地掌握这种语言，而是要在日常生活中娴熟地应用它，那么，学校里的手工课和实践课就是非常有效的学习和掌握这种语言的课程。倘若学校里开设了打字课和算术课,那这种效果就更加突出了。所有毕业生都因此获益匪浅,正如前面提到过的，许多课程都为学生们提供了获得实践经验的机会。在这方面,哈尔滨的学校教育始终如此。

接下来再说说教材。坦白讲,弄到所需的教材是很困难的事。我们通常会在旧书店和学校的售书亭买书(有些书还很难买到)。买到了书，可内页上往往被它曾经的数任主人做了标记。我们还经常会买到翻印的书，那是在学校提供的薄纸上用打字机打出来的。打字翻印还能够及时将学科的新内容补充进去，这就解决了教科书跟不上学科发展的问题。当然，上述解决教材问题的种种方法能够满足要求，主要还是因为在校生不是很多（相对于现在来说),有时根本就用不着开设同年级的其他班级。

在哈尔滨的学校里,虽然基础学科有共同的课程,但教学特点和方向各有不同。这可能是由于学校的领导提出的要求不同吧。我们今天可以根据许多回忆录来做出这样的判断：教育工作的核心是培养俄罗斯学生树立起忠于俄罗斯精神的理想信念，继承和发扬俄罗斯的灿烂文化。爱国教育，当然是中东铁路苏联管理局对学前教育机构和学校固有的要求。

而学生们呢？他们是怎么理解发生在身边的事的呢？比如在20年代发生在中东铁路的政治变革——铁路管理权由俄罗斯帝国移交给苏联政府。就像前面已经提到过的，这一重大政治事件并没有在社会中引发激烈的反对，尽管新闻界出于各自不同的政治目的发出过迥异的声音。

尼古拉·亚历山大洛维奇·斯洛博得奇科夫（Николай Александрович Слободчиков），是旧金山俄罗斯博物馆馆长，不久前刚去世。他生长在哈尔滨的一个移民知识分子家庭。他曾讲，小时候一直与中东铁路维修工人的儿子们一起玩耍。他回忆道："当苏联政府接管了铁路，我们这些孩子间就有了冲突，分成了两拨，白色小组和红色小组。我记得家里的别墅在哈尔滨郊外，火车站对面有块峭壁，山脚下长满了悬钩子。白天所有孩子都在一起玩耍。可一到晚上，每当红色小组的成员在铁道旁散步和唱歌，我们就在上面回应。就这样，几乎每天晚上都在对唱……有时，我们唱完了一段，他们就会唱道：

白狗崽子别张狂，
快听我们把歌唱。
歌声高亢震天响，

越战越勇斗志昂。

我们则唱道：

祖国的大地，
生养我们的地方。

而他们就唱道：

什么来自莫斯科，什么又来自俄国？
我们不是同类，绝非一丘之貉。

最有意思的是，白天我们却都能在一起和平相处。这是发生在 1925 至 1927 年间的事。这些小男孩长大后都返回了俄罗斯。可能许多人都受到了迫害……①

关于在哈尔滨时的学校生活，他还回忆道："俄罗斯人的文化生活在 20 至 30 年代十分活跃，有很多美好的东西。至少有 20 所中学，有很棒的歌剧团，中东铁路给它们拨款。我在陀思妥耶夫斯基中学学习，成绩优异，尤其是俄罗斯文学。它使我爱上了俄罗斯诗歌。"②

无论我们父辈的世界观有何不同，体育课总能把所有学生都

①出自《在俄罗斯式的美国旅行》，加琳娜·巴什基罗娃和戈纳季·瓦西里耶夫著，莫斯科，1990 年，第 327—328 页。
②同上，第 325 页。

聚集到一起:在体育馆、运动场定期举办学生运动会和竞赛。所有体育活动都很受欢迎。

童军运动[①]对此起到了很大的促进作用,1913 年哈尔滨的青年们就开始接触它了。他们的服饰总是很显眼:绿色衬衫、短裤、船形帽、鲜艳的橙色领巾。

总之，在哈尔滨凡是有学生们参与的官方庆祝游行或社会活动,场面就总是丰富多彩的:俄罗斯学校的制服(男孩穿的是带金属扣的绿色学生制服，女孩穿着带围兜的裙子。各学校的裙子五颜六色,各有不同),还有波兰中学的女子联盟的四方帽，布里特·特鲁姆别尔多尔犹太锡安组织青年联盟成员的贝雷帽及各民族中学生和童军运动成员的服饰。

这五彩缤纷且洋溢着和平的气氛画面令人永生难忘。

这一切都构成了“俄侨的哈尔滨”精神的一部分。

行进在新市街(现南岗区)上的学生游行队伍

①童军运动,产生于 1907 年,此后迅速传遍全世界。1909 年传到俄国。目前,童军组织设有国际委员会,负责协调各国童军组织的活动。

Gaudeamus Igitur[①]...

哈尔滨是座大学城。尽管那时城市处于极为复杂和艰难的境况，大学毕竟给这座城市带来了许多特别之处。清晨，大街上随处都能看到身着制服赶着去上学的大学生。他们还参加城市的所有社会活动。管乐队和爵士乐队里有他们精彩的演奏，舞会和晚会上有他们翩翩起舞的身影，盛大的婚礼上有他们的欢声笑语，这一切都在某种程度上形成了年轻乐观的氛围。如果哪个城市拥有高等学府，那就意味着那里有对高水平人才的需求。而这正是生活的本质所在，是生活的希望所在，哪里都是如此，哈尔滨也不例外。

哈尔滨的高校是在 20 年代诞生的。铁路需要高水平的人才：

①18 世纪的拉丁文歌曲，意为“让我们欢乐吧”。最早源于意大利波伦亚教堂的赞美诗，后来被大学里的学生们广为传唱。歌曲现作为国际大学生体育联合会会歌，并且成为世界大学生运动会及世界大学生锦标赛颁奖礼歌曲。

哈尔滨工业大学

熟悉中俄城市地方情况及边区经济的工程师和经济师，懂国际法的律师。在那个年代，在哈尔滨这座城市里诞生了规模最大的高等学府——哈尔滨中俄工业学校和法学院。

1920 年成立了哈尔滨中俄工业学校。中东铁路管理局表示愿意资助学校的建设，并承担了筹备基础教学所需的所有费用。学校用俄语授课，还为中国专家设立了学习俄语的预科班。

中东铁路管理局为学校准备了三栋建筑物用于教学和实践，其中包括配备了全套设备的机械修理车间。为了实现建校的计划，铁路局在第一年就拨款 5 万金卢布，此后拨款数额不断增加。

1922 年，中俄工业学校改为中俄工业大学校。教学大纲规定学校的主要任务是培养全面发展的工程师，使他们既掌握理论知识又拥有实践技能，在毕业后能够担任铁路业务的负责人乃至胜任领导职务。

学生们不仅要牢牢地掌握工程技术科目的理论，还要系统地了解世界上最先进的技术，能够解决铁路上的实际应用问题。

学院设有石印厂，印刷所有科目的教材。班级里的班长是通过学生会的选举产生的。除班里的基本工作外，班长还要帮助贫困学生解决生活问题，协助他们找工作等。学院还设有大学生荣誉评审委员会。

选择优秀的教授和教师构建师资队伍对学院的建设和发展起到了非常重要的作用。首任校长阿·阿·摄罗阔夫[①]（А.А.Щелков）设计制定了全院的教学流程。

后来，随着满洲政治局势的变化，中俄工业大学校的命运也发生了改变。1928 年初，尚在发展中的学校改名为东省特区工业大学校。同年底，苏联代表和中国地方政府组建了新的中东铁路管理局，学校更名为哈尔滨工业大学校（哈工大）。

1935 年，地方政府规定哈工大不再招收苏籍学生，苏籍学生可继续在秉承哈工大传统的北满大学接受高等技术教育。此外，北满大学还增设了商务系。

1945 年 12 月，哈工大在建筑工程、机电和运输经济系这三个系的基础上得以恢复。此外，还相继开设了化学系和矿业系，但这两个系没开多久，随后转到了大连和沈阳。

在那时的哈尔滨，包括一批经验丰富的教授在内的教师队伍得以保留下来，他们都加入到培养中国和俄罗斯工程师的重要工作中。得益于学校团队在铁路和当地其他领域的忘我工作，哈工大培养了许多专家。1953 年，中苏对铁路的共管结束。当中长铁路运营时，它已经拥有了中国自己的必不可少的技术人才。

哈工大从 60 年代中期逐渐用汉语授课。它从旧校舍搬到了高

①译者注：摄罗阔夫于 1924 年至 1925 年期间任校长。

大宽敞的崭新教学楼。今天的哈工大下设 65 个教研室，有 11000 名中国学生。它是中国 3 所可以在 22 个学科授予博士学位的高校之一[①]。这所大学见证和亲历了哈尔滨的那段充满波折的历史。它最初是在 1920 年由俄罗斯人设立和管理，随后又在苏联政府管理铁路期间被改造成了一所工业学校，而最终，它被建设成了中国高等学府中的佼佼者，举世闻名的大型科研中心。在俄罗斯侨民坎坷而艰辛的道路上，也同样走着这样一群人，他们是从哈工大毕业的俄罗斯工程师，这条路把他们带回了祖国抑或引向了世界的各个角落，可是无论在哪里，他们都成功地运用了自己在大学里所学到的知识。

20 年代在哈尔滨设立的另一所高校是法学院，法学院的章程对任用教职人员做出了规定，法学院有法律和经济两个系，课程一律按照欧洲大学的标准设立，增加了研究远东国家的法律和经济的学科。此外，还有东方语言专业。法学院的部分课程用汉语授课。

对于 1937 年以前生活在远东的俄罗斯侨民来说，哈工大和法学院对他们的生活产生了巨大的影响。大学的教授们除了教学和广泛参与公共事业外，还在哈尔滨的文化生活中留下了深深的印记。在这里多年从事教育工作的讲师有：弗·弗·恩戈尔费尔德（В. В.Энгельфельд）（“中国国家法律史略”课程），亚·亚·梁赞诺夫斯基（А.А. Рязановский）（“蒙古法律”课程），戈·康·金斯（Г.К. Гинс）（“水务法和公共设施”课程），亚·伊·格拉日丹采夫（А.И. Гражданцев）（“经济学史”课程）。20 年代法学院的两名教授弗·

①译者注：此为 1994 年该书出版时的统计数字。

弗·恩戈尔费尔德和戈·康·金斯在巴黎完成了博士论文答辩。尼·瓦·乌斯特里亚洛夫教授和尼·伊·米罗柳波夫(Н.И.Миролюбов)在学院任教并曾在各个时期担任过系主任。法学院共出版了12期学术期刊。

20年代是哈尔滨的繁荣时期，那时它不仅是行政金融中心，还是整个北满的文化中心。俄罗斯年轻人从中国的其他地区和城市及铁路沿线的广大地区到哈尔滨求学。需要说明的是，高等学校教育都是收费的。例如,中俄工业学校的学费每年大约是300金卢布。中东铁路员工和退休人员的家属及领取中国政府奖学金的中国学生享有优惠——每年学费为200金卢布。在当时,300金卢布是一笔不小的数目。对于那些随着20年代移民潮来到满洲的年轻人来说,能够受高等教育确实很不容易。

除了此前提到的几所大学外,20年代在哈尔滨还开设了哈尔滨东方学和商业学院(1925年)。它是经几个俄罗斯教授提议并在俄罗斯东方协会的支持下开办的。这所学院给学生颁发的是东方学者毕业证。他们在这里学到的法律和东方语言知识使他们在各个领域发挥了应有的作用。这个学院共办了十多年。

1925年,这座城市还开设了师范学院,设有语文历史系和物理数学系两个系。学院的创办人和首任校长是著名的俄罗斯学家谢·弗·库兹涅佐夫(С.В.Кузнецов)。联合了许多俄语教师的教育协会为该学院组织了所需的师资力量。

几乎在同一时期,3年学制的哈尔滨基督教青年会中学也开设了语言文学和商贸学课程。30年代末在日本当局施行教育改革前,该校是用英语授课的。此后,所有学科的课程都用俄语授课。

学校还教授德语和日语。中学课程包含了许多实践课，比如会计学、商业算术、商业信函、打字和速记等。

从20年代中期起，设在新市区花园街的哈尔滨基督教青年会（简称“青年会”）就成为对哈尔滨的年轻人最有吸引力的文化生活发源地。青年会不仅设有学校，还设有很多培训班，例如打字、无线电等。青年会还设有自然和地理俱乐部。在青年会会所的三楼还举办了深受人们欢迎的“星期四”体育活动。

当时在青年会的大楼里，还有著名的“丘拉耶夫卡”文学小组，它是青年诗人和诗歌爱好者组建的文学联盟。它共存续了10年，在鼓励和帮助远东青年侨民的文学和诗歌创作方面发挥了重要作用。不是只有文学创作者才可以参加“丘拉耶夫卡”的文学音乐晚会，这里还聚集了很多哈尔滨的青年知识分子。

“丘拉耶夫卡”的活动是定期举办的，每周两次。周五是在演播室举办活动，周二是开放式的演讲和音乐文学晚会。诗人、作曲家和配乐朗诵演员弗·亚·斯洛博奇科夫曾参加“丘拉耶夫卡”的活动，还曾担任过它的主席，他讲述了这些晚会是如何组织的。

“丘拉耶夫卡”文学小组
（左一：瓦·奥布霍夫，左二：米·什梅伊塞尔，右三：阿·涅斯梅洛夫，右一：阿恰伊尔）

在活动中，老一辈有威望的文学家和学者会被请来做报告。例如：尼·康·廖里赫（Н.К.Рерих）在哈尔滨时在这里做了关于谢尔盖·

拉多涅日斯基（Сергей Радонежский）事迹的报告。伊·亚·普佳托（И.А.Путято）是著名的俄罗斯文学家，他讲述了关于世界文学的新流派；尼·彼·韦谢洛夫斯基（Н.П.Веселовский）介绍了关于斯坦尼斯拉夫斯基（Станиславский）的戏剧艺术。通常，晚会上的报告主题都是关于俄罗斯著名诗人和作家的。晚会的第二部分则是诗朗诵、声乐和音乐节目。

在30年代，该文学联盟出版了自己的月报《丘拉耶夫卡》。瓦·别列列申担任主编。报纸刊登年轻文学创作者的诗歌和散文。年轻的作者也在哈尔滨的其他刊物上发表，但主要是在《边界》杂志上。

这个文学联盟的奠基人和倡导者是老一辈的教师和诗人阿列克谢·阿恰伊尔（Алексей Ачаир），即格雷佐夫①。阿恰伊尔是典型的俄罗斯知识分子，在哈尔滨是个引人注目的人物。他的声望就像他的诗歌水平一样高，他在配乐朗诵自己的诗歌作品时所展示出来的杰出技艺，同样为他赢得了普遍的好评。我和我的同龄人，没赶上“丘拉耶夫卡”文学小组的活动。它在1935年就停止活动了，大部分成员都去了上海。但阿恰伊尔知道所有人。平时当老师时，他恬静，少言寡语；而当他在钢琴旁配乐朗诵自己的诗歌时则激情四射，令人眼前一亮。配乐诗朗诵也是基督教青年会的所有音乐会和文艺晚会上不可缺少的一部分。大厅里回荡着他朗诵诗歌的声音：

---

①阿列克谢·阿列克谢耶维奇·格雷佐夫（Алексей Алексеевич Грызов）（1896—1960）出生在鄂木斯克，毕业于当地的青年军官学校，然后在彼得罗夫斯克-拉祖莫夫农学院就读并毕业。1922年起居住在哈尔滨，从事教学和文学活动，曾担任基督教青年会秘书。1945年被逮捕并被押回苏联。得到释放平反后，他定居在新西伯利亚，在那里从事教育工作，成绩斐然。他的文学遗产主要是在哈尔滨当地的俄侨杂志、报纸上发表的诗歌、文章和出版的5本诗集。

哦，我不曾去过西班牙，
也不懂小夜曲的柔情，
南方夜空里的星星，
都不给我些许的光明……

后来，哈尔滨的青年知识分子在休闲时参加的其他活动小组也继承了“丘拉耶夫卡”的传统。甚至在日本入侵和亚洲发生战争时，他们的各种小组仍然在继续活动。1938 年，哈尔滨的核心创作团体是皇家诗人康斯坦丁·罗曼诺夫小组和以诗人尼古拉·古米廖夫（Николай Гумилев）命名的文学音乐小组（附属于哈尔滨体育爱好者协会俱乐部）。此外，尼古拉·巴依科夫文艺组和克拉斯诺夫（Краснов）将军文学组也很活跃。

通常在每周的活动日里，活动小组都会由成员出面做报告或邀请知名人士做报告，活动期间还有讨论、配乐诗朗诵、读小说和音乐节目。

今天的大部分青年对诗歌的态度都很冷漠，但是若越过这种冷漠而回望过去，我们不由得要惊叹于那个年代的人对诗歌创作的热爱。诗歌爱好者聚集在文学小组里一连数小时地参加各种活动，聆听关于俄罗斯古典和现代诗人的报告，上诗歌创作课，为诗歌谱曲或是为诗朗诵配乐。很多人都在杂志和报纸上发表诗歌或出版自己的诗集。而这一切都是身在异乡的侨民在为生存而艰苦奋斗的情况下所从事的陶冶情操、砥砺意志的活动。俄罗斯侨民的“诗歌浪潮”，是第一代和第二代侨民的文化生活中最有意思的一个现象。它不仅为很多年轻的天才诗人提供了施展才艺的舞台，而且还成为他们精神力量的源泉，帮助年轻同胞留住了自己的俄罗斯之根。

公正地讲，在这个过程中，内心里燃烧着热情的老一辈知识分子做出了极大的贡献，正是他们使祖国的文化和历史遗产成为当时年轻人汲取精神营养的源泉。当时在哈尔滨组织的文学竞赛、文艺小组汇演和“俄罗斯文化日”活动等都是来自这个永不枯竭的源头活水。

再来说说这个知识青年一定都要参加的“俄罗斯文化日”活动吧。当时在哈尔滨的很多青年学生都参加过这个活动日举办的各种活动。从1924年起直到第二次世界大战结束，“俄罗斯文化日”活动每年都会如期举行。这些青少年时留下的鲜明印象深深地铭刻在了我的记忆中。至今我还记得自己参加的各种丰富多彩的活动，有隆重的报告会、音乐会、合唱，还有管乐队的演出和作文比赛，女学生的白色裙子和扎在小辫子上的白色蝴蝶结……但最重要的是，节日就是祖国发出的声音，时刻提醒大家要传承和发扬我们伟大的俄罗斯文化。

翻开曾经出版过一段时间的《俄罗斯文化日报》的一期（1930年），在整版的各类广告（报纸靠广告收入生存）之后，就是著名的社会活动家、教育家和学者撰写的文章和随笔，描述了这个历史性的纪念日对于民族文化的重大意义。“祖国的声音不是哪个政党、哪个阶层或哪个阶级的声音，不是哪个单独的地域发出的声音，祖国的声音是伟大辽阔的整个俄罗斯的声音……祖国的声音，不仅是我们当代人发出的声音，更是许许多多为俄罗斯奋斗的先辈的声音。在我们的祖国，真理与谎言、善与恶、美与丑交替并存，过去有，现在有，将来还会有。但是随着时间的推移，不足会得到弥补，迷途会找到方向，错误会历经痛苦得到洗刷，而那些善良的、正义的和美好的东西终究会汇聚到一起，共同构成我们弥足珍贵的精神宝藏，这就是我们的最真实的'祖国'。"这是老师伊·伊·阔斯丘齐克（И.И. Костючик）在《俄罗斯文化日报》某一期上吐露的心声。

漫长的60多年过去了，岁月把我们无情地与过去隔开，但俄罗斯知识分子当年说的话依然具有现实意义。

回顾过去的岁月，我努力地想从"俄侨的哈尔滨"的社会生活中寻找民族精神的其他源泉——那些民族文化滋养起来的源头活水。青年对美好的向往，充盈了他们的闲暇时光。

除了文学会组织的晚会外，音乐爱好者晚会也很受欢迎。例如，在商务俱乐部"女子世界"举办的晚会，都是由年轻有为的音乐家和歌唱家担纲主演。"晚会在商务俱乐部的餐厅里举行，那是个宽敞而舒适的大厅，"晚会的参与者——小提琴家、教授戈·米·西多罗夫回忆道："听众坐在备有水果、甜品和茶水的小桌旁，欣赏着即兴演出和钢琴演奏，主持人由参加晚会的一位女主持人担任。演员们都坐在单独的桌子旁。在演出过程中，大厅里鸦雀无声，没有一个人会动食物，因为听众都是古典音乐爱好者。他们了解古典音乐，并且很尊重演员的表演……"①

设在奥克萨科夫斯卡娅中学的音乐小组在哈尔滨存在了很长时间。

---

①戈·米·西多罗夫。《一个小提琴家的回忆：音乐之城哈尔滨》。鄂木斯克，1993年，第26—27页。

音乐爱好者每周日都会聚集到那里。戈尔德涅尔医生（Гельднер）和他女儿是晚会的座上客和发起人，后者是尼·亚·什费尔布拉塔（Н.А.Шифферблат）的学生。这个文艺小组里的很多年轻成员，后来都成了有名的音乐家。

在许多艺术爱好者的“沙龙”里——在赖斯基和彼得罗夫（Петров）神父等人的家里，都会举办音乐爱好者的晚会。这些活动鼓励年轻人投身于美妙的音乐世界，积极参与举办各种节日活动。在远离故乡的土地上，在为了生存而斗争的艰难岁月里，“沙龙”给人们带来了无比的快乐和慰藉。

华丽的晚会和舞会也点缀了工作日的业余时光。晚会现场布置得相当华丽，这里对娱乐的需求程度与远离大型文化中心的境况形成了强烈的反差。为了举办晚会，人们特意缝制了晚礼服，制作了小饰物作为抽奖活动的奖品，当然，还要准备引人入胜的演出节目。举办舞会的资金都是一些有财力的人提供的。

当然，在这些舞会上每个人都喜欢翩翩起舞。如果年轻的哈尔滨在世纪初听到的是护路队管乐队演奏的舞曲《光阴一去不复返》，那么，在我这个年龄段的三四十年代，大家在学校里听到的则是《在满洲的山岗上》和《金色的春天》。我们踩着《小哥萨克人》《吉卜赛姑娘》和其他俄罗斯舞曲的节奏尽情地舞蹈。当然，晚会上还有美国舞蹈，比如充满活力的狐步舞和令人疲惫的探戈。但是它们也和英语一样，在与盎格鲁-撒克逊人的战争期间，被日本当局从哈尔滨公众场合驱赶出去了。

在哈尔滨这个光怪陆离的小世界，各种物质的、文化的东西都混杂在一起，当然，也就有娱乐场所、各类餐厅、赌钱的台球厅，以及中国鸦片馆和其他销魂之所。在这个城市里，并不是所有人都能独善其身而不受什么沾染。但是俄罗斯知识分子就是在这样的哈尔滨做出了他们的卓越贡献，他们以宗教伦理教育和俄罗斯传统文化为基础，为当时的年轻人筑起了一道坚固的精神和道德的防线。

在年轻人的道德教育方面，圣弗拉基米尔学院的神学系做出了贡献。例如,1934 年圣约翰神学教会在近十年的时间里始终呼吁“团结、和平和宽容”。1944 年发行的《团体报》向广大读者发出呼吁,以使人人皆成典范,只要做到“为人类的美好和幸福斗争。为了心灵和身体的健康:团体成员不应吸烟,以免损害自己和他人的健康;不应酗酒,以免这罪恶戕害到众多的家庭,给世界带来不幸”。

翻开那时的一份《通报》,映入眼帘的是一幅协会成员开会的照片,他们面前就是一杯茶,而他们要组织许多活动。参加活动的除了哈尔滨教区的神职人员外,还有许多青年学生。

回想 40 年代自己的大学生活,我的同龄人那时都没有多少闲暇时间，因为得赚些外快来贴补生活所需，好在勉强度日的窘境中挺住。即便如此，我们那时在哈尔滨的音乐和戏剧世界里度过的时光是多么令人感到愉悦和美妙啊!

在音乐的世界里

铁路俱乐部是众所周知的文化中心之一，深受哈尔滨人的喜爱。它建于 1911 年，位于大直街上，就在铁路管理局的对面。以前的俱乐部是一栋很小的建筑，里边设有一个小俱乐部，只有钢琴、台球和图书馆。

新建的大楼能容纳 1500 人，里面有旋转舞台，两个小厅和两间休息室，还有图书馆和带冬季花园的餐厅。俱乐部不仅为铁路员工服务，也对外开放。很快，这里就成为哈尔滨文化生活的中心。一流演员、歌唱家和音乐家都曾在这个舞台上演出过。

我清楚地记得它的内部装饰。我曾在不同时期去过那里。童年时，我去过那里的铁路员工幼儿园，而在青年时代在那里听过音乐会，参加过晚会。

这个文化发源地给在哈尔滨的俄罗斯人带来过多少欢乐啊！

现居澳大利亚的哈尔滨姑娘奥·阔列涅娃，在70年代这样描写铁路俱乐部:“现在把我亲眼所见的其他国家和城市的歌剧院与宏伟壮观的铁路俱乐部相比，我可以自豪地说，无论把它放在哪个国家的首都,它都可以为其增光添彩。”

据我的父母讲，铁路俱乐部的兴盛与交响乐团和歌剧团密不可分。后来,我自己也对此深信不疑,因为交响乐团直到最后一批俄侨离哈仍受到人们的热烈欢迎。

在20年代,梅特尔(Меттер)、斯鲁茨基(Слуцкий)、克莱恩(Крейн)、卡普伦-弗拉基米尔斯基(Каплун-Владимирский)和维利康诺夫(Великанов)都曾担任过交响乐团的指挥,随后什崴科夫斯基(Швайковский)、比比科夫(Бибиков),还有日本指挥朝日野隆都曾在这里执棒。

音乐会的演出大部分是在俱乐部的大厅里举行。夏季的时候,演出也会安排在俱乐部花园里。

哈尔滨交响乐团集中了很多专业音乐人和优秀的演奏者,包括戈·西多罗夫(Г.Сидоров)和亚·德兹卡尔(А.Дзыгар)等。它完全可与欧洲的乐团竞技。

著名小提琴家、哈尔滨交响乐团首席小提琴手亚·德兹卡尔

城市的音乐生活源于外阿穆尔铁路护路队乐团。在一份发黄的哈尔滨发行的报纸《俄语报》(Русское слово)上有一段文字,记载了这个乐团在花园里奏响的最初两首乐曲:柴可夫斯基的《1812序曲》和鲍罗廷《第五交响曲》的片段。当这支乐团解散后,铁路俱乐部购买了它曾使用过的乐谱。这些乐谱被当时的哈尔滨交响乐团广泛使用。

在第一次世界大战之前,很多著名的音乐家和歌唱家都访问过哈尔滨。其中有小提琴家康·杜姆切夫(К.Думчев)、大提琴家亚·韦尔日彼洛维奇(А.Вержбилович)。在二三十年代小提琴家叶·奇姆巴利斯特(Е.Цимбалист)、亚·海因费茨(Хейфиц),钢琴家列·克莱伊采尔(Л.Крейцер)、列·西罗塔(Л.Сирота)都曾到访哈尔滨。歌剧演出是最耀眼的盛事,通常是在铁路俱乐部上演,因为那里具备演出所需的所有必要条件。当然,最重要的还是中东铁路管理局能够提供物质上的支持。

1920—1924年这里上演了著名演员参演的歌剧,他们是到哈尔滨来巡回演出的,有男低音歌唱家弗·伊·卡斯托尔斯基(В.И.Касторский)、亚·伊·莫兹茹辛(А.И.Мозжухин)[演员伊万·莫兹茹辛(Иван Мозжухин)的哥哥]和女高音歌唱家利·雅·利普科夫斯卡娅(Л.Я.Липковская)。

1927年秋,谢·雅·列梅舍夫(С.Я.Лемешев)带领强大的演员阵容莅临哈尔滨。年轻的歌唱家马上热血沸腾,他说:“我满怀玫瑰色的希望、创作计划和梦想。”[1]鲍罗廷的歌剧《伊戈尔王子》拉

①谢·雅·列梅舍夫,《艺术之路》,莫斯科,1982年,第23页。

开了此次演出季的帷幕，一周后上演了歌剧《叶甫盖尼·奥涅金》，列梅舍夫在剧中扮演了连斯基。他在哈尔滨演出了两季（1927—1929 年），演出的曲目包含俄罗斯经典音乐。除《叶甫盖尼·奥涅金》和《伊戈尔王子》以外，还上演了《鲁斯兰与柳德米拉》《雪姑娘》和《霍万斯基党人之叛乱》，此外还有西欧作曲家的《卡门》《西伯利亚理发师》和《茶花女》。

歌剧《卡门》演出结束后演员合影

根据回忆，这些歌剧的艺术水准都非常高。亚·潘佐夫斯基（А.Пазовский）和扬·波金恩（Я.Позен）专业乐团和合唱团独唱演员的演出技巧对中东铁路俄罗斯歌剧的发展发挥了极大的促进作用。可以说，这一时期是音乐艺术真正的黄金时代，也使年轻演员学到了许多东西，令他们受益匪浅。

在 1929—1930 年的演出季，从欧洲的意大利来到哈尔滨巡演的歌剧演员有德-阿尔比和利阿李。还有来自那波利圣卡罗剧院的歌剧团。在我的家庭档案里保存着一份节目单，我记不清是哪年的了："今天上演的剧目是《露琪亚》，四幕歌剧，作曲：多尼采蒂。人物：露琪亚——尼·瓦尔蒂、艾德加尔——德·涅利……指挥：普茨切蒂……"

除铁路俱乐部外，在市区还出现了其他剧院，那里也举办音乐会。自 1913 年起，位于埠头区的马迭尔剧院开始营业，它的三层大厅能容纳超过 1000 名观众。在此上演过芭蕾、轻歌剧和舞台剧等剧目，还放映电影。其中的一个小演出厅（白厅）还举办室内乐音乐会。在当时，马迭尔宾馆就很有名。1936 年，费·伊·夏里亚宾（Ф.И.Шаляпин）和许多著名演员下榻于此。

伴随着移民潮，哈尔滨的演员和音乐家的数量也在不断地增加。这不仅使城市的文化水平达到了一定的高度，而且他们的到来，也为成立新的乐团创造了条件，同样使得开设新的音乐学校具备了师资条件。年轻人可以接受比较正规的教育，日后他们中的许多人都成了业界名流。这是城市文化生活的基础，可能也是整个远东侨民界的文化柱石。

1921 年，哈尔滨开办了第一音乐学校；1924 年，亚·康·格拉祖诺夫高等音乐学校开学；1927 年，为苏联公民成立了一所音乐专科学校（此前只在宗教协会教授音乐课程）。

高等音乐学校按专业音乐学院的课程授课，乌·戈尔德施特恩（У.Гольдштейн）、谢·什比尔曼（С.Шпильман）和弗·迪龙（В.Диллон）都在此任教。后来，这所学校的很多毕业生都成为国内外著名的音乐家和音乐理论家。

在一张20世纪30年代的老照片上，我们看到了钢琴家亚·维捷尔尼科夫（А.Ведерников）、亚·阿巴扎（А.Абаза）、亚·施瓦尔茨伯格（А.Шварцбург）和小提琴家列·滕什科夫（Л.Тышков）的形象，当年他们还很年轻。虽然他们的命运各不相同，但他们的大名蜚声整个音乐界。

在谢·亚·巴图琳娜（С.А.Батурина）、弗·亚·维德尔斯（В.А.Витепьс）、叶·米·弗耶尔曼－戈林金娜（Е.М.Фойерман－Глинкина）、亚·米·沙耶夫斯基（А.М.Шаевский）、季·尼·基斯金达（З.Н.Зискинд）和其他经验丰富的教师的悉心培养下，在音乐专科学校接受教育的青年都掌握了精湛的音乐技能。校长是著名的钢琴家、教育家拉·鲍·阿普捷卡列娃（Л.Б.Аптекарева），她精力充沛，有很强的组织能力。根据在西伯利亚音乐学院任教的该校毕业生瓦·瓦·别洛乌索娃（В.В.Белоусова）的回忆："校长幸运地找到了生命中的最爱，她营造了真正热爱音乐的氛围，对艺术忘我奉献。她参加了室内乐演出，被认为是歌剧演出中的最佳钢琴伴奏。很多音乐爱好者都注意到，她的演奏激情四射，张弛有度。虽然她身材比较丰满，但所有人都惊讶于她脚步的轻盈，她走起路来简直就是两脚生风。"

就这样，阿普捷卡列娃一直活跃在哈尔滨音乐生活的中心，1935年音乐专科学校关闭后才返回祖国。最初她在莫斯科大剧院担任歌剧团首席乐师，后来卷入了1937年的"大清洗"。根据现有的记载，她死在了监狱里。

声乐教师谢·亚·巴图琳娜拥有醇厚的嗓音和非凡的舞台表演天赋，在当时演出的节目中扮演了利扎（歌剧《黑桃皇后》）、阿

奥列格·伦德斯特列姆

依达和蝴蝶夫人等角色。她和阿普捷卡列娃一样，深深地热爱着自己的事业。根据别洛乌索娃回忆，作为伴奏乐师的她曾和巴图琳娜在小提琴课和声乐课上有过接触。巴图琳娜不仅自我陶醉，还千方百计地引导学生们入戏。她的课经常上到深夜，而那时学校里所有其他班级都放学了。巴图琳娜不仅要教学生们学好声乐，还要向他们传授舞台技巧，而这就需要花费更多的时间，因此她的课经常成为“今夜无眠”。

巴图琳娜的学生们返回祖国后，在各地的歌剧院演出。她自己也和丈夫弗·弗·维利康诺夫（В.В.Великанов）一起在斯维尔德洛夫斯克州歌剧院工作了许多年。

在音乐专科学校教授理论课的阿·米·卡普伦-弗拉基米尔斯基（А.М.Каплун-Владимирский）是乐队指挥，他因此就有机会定期组织学生们免费听歌剧和音乐会。演出的节目里有很多值得听的经典曲目，但是演出的票价都比较昂贵，因此，对于学生们来说，有免费听音乐会的机会，对他们的音乐学习所做出的贡献是无法用金钱来衡量的。

后来这所学校的很多毕业生都成为著名的音乐家。

当代知名的人民演员、爵士乐队领队奥列格·伦德斯特列姆(Олег Лундстрем)就毕业于音乐专科学校的小提琴班。20 世纪 30 年代中期,他住在上海,二战结束后,他才返回了祖国。

他的整个音乐生涯都是很幸运的,因为不是每个音乐团体的负责人都能稳坐领导岗位超过半个世纪。1934 年,他在哈尔滨组建了一支爵士乐队,随后这支乐队去了上海,再往后,它又到了苏联。

那是战后时期,源于本地的音乐指导思想都汇集在这里,而且自成一派。喀山的特别委员会观看了乐队的演出。他们对我说,很多来看演出的人都感到十分震惊,他们觉得这支乐队似乎来自另外一个星球,这群外星人想用爵士乐这种语言向地球人展示他们的音乐。在喀山的一所冰冷的还未供暖的文化宫里,这群身着礼服、扎着领结的音乐人演奏起来别具一格,还有那些上海曲目也让人备感新奇。

不,路易斯·阿姆斯特朗[①]和战后的喀山是没有共同语言的!从那时起,爵士乐队就无法生存下去了,乐队的成员们开始自寻出路。他们可都是毕业于音乐学院或其他高等学府啊!但奥列格·伦德斯特列姆还是在 1956 年重新把他们召集到了一起,并定期组织他们演出。正是著名的作曲家、喀山音乐厅的艺术总监亚·克留恰耶夫(А.Ключарев)为乐队的重建起到了关键作用。

现在这支乐队已经非常有名气,并且深受爵士爱好者的青睐。当然,随着时间的推移,乐队成员的结构也发生了变化,现在的乐

①译者注:路易斯·阿姆斯特朗(Louis Armstrong),1901—1971 年。美国人,著名的爵士乐号手兼歌唱家。

队里来了很多有天赋的年轻演员，而老一代的演员们则陆续退休了，更准确地说是因为年轻音乐人对艾灵顿公爵[①]的音乐的热爱。而当年从哈尔滨走出来的两位元老依然健在：一位是俄罗斯联邦人民演员奥列格·伦德斯特列姆和俄罗斯联邦功勋演员亚·阔加科夫（А.Котяков）。1934 年，他们在哈尔滨创建了这支爵士乐队。

多年来，在哈尔滨还活跃着一支弦乐四重奏乐队。乐队的成员是弗·特拉赫特恩伯格（В.Трахтенберг）（此后换为亚·德兹卡尔А.Дзыгар），戈·西多罗夫（Г.Сидоров）和波戈金兄弟（Братья Погодины）。这支四重奏乐队主要演奏室内乐，此外，还有许多知名的演员如亚·阿巴扎、瓦·瓦·别洛乌索娃、米·莫塔克萨斯–安吉帕斯（М.Метаксас–Антипас）和尼·弗金娜–西多罗娃（Н.Фокина–Сидорова）也参加这个乐队的演出。

尽管这些音乐家被命运之神带向了四面八方，但在当时，他们的精彩演出的确丰富了整整一代哈尔滨人的音乐文化生活。

波戈金兄弟于 20 世纪 50 年代去了澳大利亚，他们在悉尼参与建立了当地的交响乐团。

小提琴家西多罗夫在四重奏乐队演奏多年，同时，他还在哈尔滨交响乐团演出。1938 年，他曾参与在中国、朝鲜和日本的巡演。1939 年，他应邀到第一音乐学校任教，开始了成就斐然的教学生涯。1947 年，哈尔滨的音乐学校进行了改革，在此基础上组建了苏联高等音乐学校。西多罗夫被任命为苏联高等音乐学校的副校长，并教授小提琴课，直到离开哈尔滨返回苏联。

---

①译者注：艾灵顿公爵（Duke Ellington），1899—1974 年。美国作曲家、钢琴家。

西多罗夫在哈尔滨以及他的故乡都有很多学生。他在鄂木斯克担任了 22 年的音乐教师。退休前,他在舍巴林音乐学校任校长达 13 年。他的音乐教学和创作领域非常广泛。他在音乐学校任教,教授室内乐的课程;他在小提琴乐队演出,还改编过可供小提琴演奏的音乐作品。

而有的人则是另一种不同的命运。钢琴家瓦连金娜·瓦西里耶夫娜·别洛乌索娃在 1935 年从哈尔滨音乐专科学校毕业后,就去了日本。她在那里的东京音乐学院学习,师从利·西洛特教授。在返回哈尔滨后,她成功举办了多场音乐会,并从事教学工作。1956 年返回故乡后,她继续在新西伯利亚音乐学校和音乐学院任教。退休后,她又工作了 13 年,这一时期,她选择了一个全新的且非常有意义的领域——在精神病医院开展音乐疗法。至今,音乐还是她生活的全部。

弦乐四重奏乐队的成员、哈尔滨交响乐团首席小提琴手、国际比赛获奖者亚历山大·德兹卡尔毕业于哈尔滨格拉祖诺夫高等音乐学校,而他的命运则极为坎坷。1945 年,他遭遇了“大清洗”,音乐家在集中营备受摧残。尽管如此,他还继续当一名小提琴手。平反后,他成为马加丹音乐话剧院的小提琴伴奏师。此外,他还在儿童音乐学校任教,并代表马加丹音乐厅参加演出。

20 世纪 50 年代末,在克拉斯诺达尔我偶然看到了一份节目预告单,那上面印着他的名字。在演出的那天,我怀着激动的心情在剧场里等候着那个人,那个来自我青年时代生活过的城市的音乐家,那个不久前刚从“那里”出来的人。当他出场时,我泪流满面,不胜唏嘘。德兹卡尔的小提琴在音乐厅里奏响了悠扬的乐曲,那一刻，我的内心感受到的不仅仅是小提琴演奏出的美妙音乐，那更是在颂扬人性的达观、顽强与坚韧。

在哈尔滨的文化生活中，教堂里的颂歌占有特殊的位置。每年各合唱团都会联合起来举办数次宗教音乐会。与综合性的合唱团相比，教堂的唱诗班对于现代俄罗斯（尤其是波罗的海国家）的合唱爱好者来说，规模不大，但定会给人留下不可磨灭的深刻印象。

教堂自己的合唱团也会举办音乐会，例如，由德·雅·波波夫（Д.Я. Попов）指挥的圣尼古拉教堂合唱团。根据老居民回忆，在20世纪20年代由瓦·斯·卢克沙（В.С.Лукша）（俄罗斯宗教作曲家亚·亚·阿尔汉戈尔斯基的学生）领导的伊维尔教堂合唱团也不时举办音乐会。此后，该合唱团由著名的合唱指挥和教育家伊·彼·赖斯基担任，此前已对他做过介绍。

此后数年，举办宗教音乐会在哈尔滨已成为传统。音乐会上经常演奏著名作曲家的宗教音乐作品，他们都是我们祖国的骄傲：彼·柴可夫斯基、德·波尔基扬斯基、彼·契斯诺科夫、亚·阿尔汉戈尔斯基、亚·戈列洽尼诺夫、亚·阔斯塔尔斯基等等。很幸运的是，在哈尔滨还有古老的俄罗斯合唱经典曲目的乐谱得以保存下来。这些乐谱是在私人手中还是在教堂的书库里珍藏，人们无从得知，但它们确实存在。

在前来巡演的合唱团中，有必要特别提及普拉顿顿河哥萨克合唱团。它由俄罗斯侨民界知名的阔斯特留科夫领导。我对这个合唱团记得很清楚，人数不太多，演唱的声音不太大，声音的选择无可挑剔，音调组合和谐，能给人带来一股很强大的俄罗斯式冲击力。他们穿着有彩色镶条的哥萨克制服，演唱沉郁而忧伤的歌曲《铃声在单调地响着》《马车夫》《晚钟》等。这些歌曲都是大家耳熟能详的经典，但对于身处俄罗斯以外的人来说，听到这些歌曲则有另一番感悟，那是一种乡愁，是对遥不可及的理想和难以实现的愿望的怀念。

毫无疑问，来到俄罗斯人漂泊之地做巡回演出的俄罗斯演员和歌唱家们，有时只为俄罗斯观众演出。在观众的心里，他们所代表的意义远远超出了演员的范畴。无论他们以何种形式演出，他们所展示的都是属于民族和祖国的艺术。我相信，那些年在异乡居住的所有俄罗斯人都有着同样的领悟。

受欢迎的著名演员总能让哈尔滨的观众感到格外惊喜。例如，1936 年著名的歌唱家、抒情歌曲和“心情歌曲”演唱家亚历山大·维尔金斯基（Александр Вертинский）就在哈尔滨受到了这样热烈的欢迎。

维尔金斯基在俄罗斯歌舞史上是个特殊且独一无二的存在，这是大家所公认的。早在第一次世界大战前，他在俄罗斯就赢得了观众的热爱，但他演出的鼎盛时期是在移民期间，尽管他在 20 世纪 40 年代返回祖国，并继续活跃在苏联的舞台上。

身着皮埃罗服装的维尔金斯基在出道时演唱的忧伤情感歌曲在异乡总有别样的色彩。在他的艺术创作中，始终充满着忧伤，无情的现实、浪漫而无规律的生活在他的身上演绎着碰撞着：为了赚钱而四处奔波、永远居无定所、“成年人的玩物”和无法摆脱的乡愁。所有这些感伤情调都可以在他创作的歌曲中捕捉到。

他在自己的回忆录中也对这些做了记载：“所有的棕榈树、所有的日出和日落、所有的异国情调、所有的所见所闻，以及我对这一切的赞美惊叹，我都愿意奉献出来。我愿意用这一切来换取我在故乡的一天，哪怕是最阴郁的、愁雨绵绵且令人伤心流泪的一天！”

在境外，维尔金斯基成为多愁善感的游吟诗人，唤醒了听众内心深处的情感。在哈尔滨的巡演中，他也是这样展现在众人面前的。但作为一个活生生的人，当时居住在上海的俄罗斯人更了解他，他当时曾侨居在上海。娜塔莉·伊利因娜曾在自己的回忆录中写过他，列万娜·海因德拉娃在小说《迷人的远方》中对这个真实存在的人物进行了描写。女诗人柳德米拉·恩戈尔加尔特也在 1946 年的一首诗中对他做了描写，当时维尔金斯基已返回了苏联。

歌者已把自己的时代唱完，
忧伤的吉他伴着粉色的海水漫卷沙滩，
如眼泪盛满红宝石色的酒杯，
温柔的艺伎涂抹得如瓷般雪白的脸，
黄叶在秋风中瑟瑟震颤，
忧伤伴着歌者度过无眠的夜晚。
他用紫色和蓝色的画笔，
描绘出自己的诗意，
轻轻地触摸故乡的土地，
便和火焰在夏日里游戏，
把真正的痛苦
画为无数的省略号，
凝成抹不去的印记。
他施了魔法——不再唱歌。

他在秘密的弥撒中悔忏，
像点燃了神秘的火焰，
而他独特的手势，
好似咒语一般。

维尔金斯基的歌声还留在了众多的唱片里，仿佛是他本人一直继续在哈尔滨深情地吟唱。但我觉得，从情感上讲，他的情愫与我父母那辈人更接近，因此他的歌更能打动我父母那辈人的心。

在来哈尔滨巡回演出的所有演员中，或许费多尔·伊万诺维奇·夏里亚宾最能代表俄罗斯艺术的最高水准。

夏里亚宾是在日本巡演后于1936年3月抵达哈尔滨的。当歌唱家抵达哈尔滨时，人们手捧鲜花在火车站热烈地欢迎他的到来。在他去马迭尔宾馆的路上，有十余辆高档轿车一路护送。哈尔滨人为他的到来而欢呼雀跃。

伟大的人物总是被掌声、鲜花、赞美和热情所包围，对伟人的崇敬是人类的本性。但在哈尔滨，人们的这份炽热和兴奋还带有其他色彩，那就是为俄罗斯艺术家的天才而自豪，为能够亲手触摸到伟大的艺术而兴奋。但归根结底，还是人们对俄罗斯文化的归属感。

当年夏里亚宾来哈尔滨时，我还是个扎着辫子的小孩子。但我还是有幸观看了他的一场演出，演出安排在美国电影院[①]里那个当时最大的演出厅。

---

①哈尔滨美国电影院，由美籍犹太人阿列克施泰因创办于1929年，位于埠头区保险街（现道里区西九道街），号称当时哈尔滨规模最大、设备最先进的电影院。后更名为东北电影院，1997年拆除。

我们见到艺术家还有一段很有意思的小插曲。

当时，那场演出的票价很贵，对全家的预算开支影响不小。可是谁能想到呢，我们费了好大的劲才买到的票，竟然找不到了。我们把家里几乎翻了个遍，可哪儿都没有。我母亲焦急地在售票处解释了半天，告诉他们票是在哪里买的，以及她还清楚地记得的座位号码。令人感动的是，商业味颇浓的组织者还是做出了决定：如果在打第三遍铃后座位还空着，那就请对号入座吧！

终于等到演出的那一天了。我们在焦急等待着自己的命运：是否能见到夏里亚宾，还能不能欣赏他的演出？第三遍铃响了，座位还是空的，我们兴高采烈地坐到了座位上。

演出的那晚，还有很精彩的一刻，我至今仍记得很清楚。夏里亚宾来哈尔滨演出时病了，他患了喉炎。这是身材矮小的组织者在当晚演出前宣布的。我到现在还记得：当主持人站在台上已经敞开的幕布前时，费·伊·夏里亚宾就跟在他的身后，缓缓地走到台前。舞台下的观众开始了躁动，掌声骤然响起。而歌唱家则用半带疑问的口吻，像唠家常一样把话语轻松地抛向了观众："我的秘书还不错吧？"观众席上立刻响起了一片欢快的笑声，伴随着热烈的掌声，伟大的歌唱家与观众的距离感瞬间消失。观众因长时间等待演出而产生的不安也开始消散。他是自己人，这很清楚！他这么随意地与大家开玩笑。

这虽然是个小插曲，但令人印象深刻，难以忘怀……

在 1936 年的 3 月，夏里亚宾的歌声给所有听众留下了深刻的印象。尽管那时他已不再年轻（他当时已年过 60 了），在演出过程中从他的歌声里都能感觉出他的身体状况以及紧张的演出所带来的影响。但他非凡的演唱技巧总能使观众难以忘怀。"我认为,即使他不唱歌,而只是说话,甚至是低声细语,他的音色都是那么美妙!我懂了——艺术的感染力在于他对每个词语的非凡领悟,他用高超的技巧和艺术表现力,造就了使人经久难忘的经典形象。"钢琴家别洛乌索娃后来回忆道。她曾在东京聆听过歌唱家的演出。

众所周知,伟大的艺术家夏里亚宾也未能躲过政治给他带来的骚扰。当时,法西斯党领导要求夏里亚宾免费演出,以此表示对他们的支持。虽然有关此事的传闻存在着若干不同的说法,但歌唱家拒绝为他们演出,这倒是无可争辩的事实。因为他拒绝演出,甚至遭到了某些出版机构的围攻,被叫作"西奥多",说他丢尽了俄罗斯人的脸,是吝啬鬼等。事实上,当地的俄罗斯出版界则针对这些攻击做了认真的反击。

随后,夏里亚宾再次返回上海,在那里却饱受了周边一些人的折磨,他推掉了已经签的演出合同就离开了(在他写给女儿伊利娜的亲笔信中有记载,该信被收录在1989年在列宁格勒出版的《费·伊·夏里亚宾生平和创作》一书中)。

法西斯分子对夏里亚宾的攻击并未奏效,而他在哈尔滨的演出却给观众留下了难以忘怀的印象。

费·伊·夏里亚宾
(1873—1938)

20世纪40年代，巡演活动基本上停止了，许多哈尔滨音乐家在20世纪30年代中期离开了哈尔滨。但音乐生活并没有因此而停止，新生力量不断涌现。他们有机会得到良好的音乐教育，并充分地展现了自己的才能。他们当中有小提琴家、指挥家亚·比比科夫，钢琴家瓦·别洛乌索娃和亚·阿巴扎、亚·施瓦尔茨伯格，小提琴家列·腾什科等。对于哈尔滨的音乐爱好者来说，他们的每次演出都是盛事。

哈尔滨交响乐团和弦乐四重奏乐队的演出依旧受到广大观众的青睐。

哈尔滨的音乐生活中也有日本音乐家的身影，他们中也不乏天才艺术家。日本歌唱家和音乐家到哈尔滨来，多次与哈尔滨交响乐团合作，为观众奉上了精彩的演出。1944年，哈尔滨观众聆听了日本男高音歌唱家藤原和女高音歌唱家高柳双叶演出的节目。他们曾与俄罗斯歌唱家奥·戈·叶尔加科娃和尼·德·鲍里谢耶维奇联袂演唱了歌剧《弄臣》中的四重唱。当时担任演出指挥的是朝品高须。1945年，日本小提琴家言本真理与哈尔滨交响乐团合作举办了独奏音乐会。

20世纪40年代，哈尔滨开设了亚·列·舍曼斯基[①]（А.Л. Шеманский）声乐学校。歌唱家兼教育家舍曼斯基积极参加俄罗斯古代艺术研究协会的活动。这个协会曾经是哈尔滨铁路局的下属机构。

---

①亚历山大·列奥尼多维奇·舍曼斯基于1900年生于华沙。童年和青年时代在伊尔库茨克度过，在士官武备学校就读。但对音乐的热爱使他的生活走上了另一条道路。1920年起在满洲生活，毕业于哈尔滨的米·弗·奥希波娃–扎克尔热夫斯卡雅学校，随后到意大利，在卡普里岛的意大利歌剧院演出了数年。

舍曼斯基的高音美妙抒情，他的好嗓音使他成为歌剧的宠儿。他有着惊人的艺术才能，演出了近40个剧目。在他的培养带领下，年轻人也开始成长起来。那些年，他演出了弗莱德利赫·弗洛托夫的《三月》，还与叶·亚·比比科娃共同演出了《卡门》和其他歌剧。

除了哈尔滨观众不愿错过的现场演出外，当地的广播电台也播放歌剧、音乐会等演出节目。例如：1943年夏，广播电台播送了歌剧《霍夫曼的故事》，由戈·亚·阿恰伊尔–多布罗特沃尔斯卡雅（Г.А.Ачаир–Добротворская）演唱。

需要指出的是，歌剧艺术融合了各种元素和表现形式，在当年受到了不同审美层次的各界观众的热烈欢迎。

众所周知，歌剧是开销很大的一种演出。我返回苏联后的20世纪50年代，在一个加盟共和国的大城市首次听歌剧。当我看到豪华的布景和丰富的道具时，被深深地震撼了，那时的情景令人久久不能忘怀。相对来说，在哈尔滨演出的歌剧布置得更简单些，简直无法与这里的相比。虽然哈尔滨的歌剧布景画得很好，也都出自经验丰富的画家。这没有什么奇怪的，在哈尔滨所有的剧院都是自负盈亏。演出的曲目需要随时更新，否则就没有收入。在这种条件下，精美的道具是制作不起的。

对于音乐爱好者来说，哈尔滨的轻音乐剧也是一种能给人带来乐趣的演出形式。20世纪40年代，尼·加伊达洛娃（Н. Гайдарова），即图尔彼娜（Турбина）、亚·雷斯措娃（А. Лысцова）和维·图尔恰尼诺夫（В.Турчанинов），即拉夫罗夫（Лавров）稳坐着轻音乐剧的明星宝座。

维克多·拉夫罗夫的命运值得详细描述。在他的生活中，19世纪上半叶最富有戏剧性的元素随处可见。他是牧师的儿子,在出生时奇迹般活了下来(1920 年,他出生在开往满洲的火车上,母亲感染了伤寒)。

拉夫罗夫在满洲里和哈尔滨接受了教育。他中学毕业后考取了北满大学商务系，但出色的嗓音、出众的外表和出奇的个人魅力把他推向了舞台。

他在许多歌剧和轻歌剧中扮演主角，但最鲜明的角色是在《风流寡妇》中扮演的达尼洛伯爵。许多年以后,包括经受严峻考验的年代(1945 年的“非法镇压”、集中营和《农奴》剧院舞台),他依然在故乡的演出中扮演了众多的角色，成为俄罗斯联邦功勋艺术家和鄂木斯克音乐剧院的导演，并一如既往地出色地扮演着达尼洛伯爵。

拉夫罗夫在遥远的沃尔库塔自由的戏剧舞台上崭露头角。这个歌唱家有一副男中音的美好嗓音和演员特质，很快就征服了当地的观众,然后在沃罗涅日、鄂木斯克、新西伯利亚和莫斯科的舞台上亮相并大受欢迎。他毕业于国立戏剧艺术学院,又考取了研究生。他在鄂木斯克市担任了 6 年的剧院导演，导演了许多歌剧,自己也扮演了许多角色。

他的工作精力异常惊人，几乎把自己的一切都奉献给了他所热爱的事业，或许早就预感到所剩时日不多了吧。1971 年,他就离开了人世。

维克多· 拉夫罗夫
(1920—1971)

在老一辈的演员中还有一位尼·尼·恩格尔加尔特，不得不提。作为轻歌剧演员和导演，她在哈尔滨舞台上活跃了20余年。恩格尔加尔特的舞台生涯开始于1919年的鄂木斯克市。在彼·弗·戈里高利耶夫担任指挥的城市剧院歌剧团，她在歌剧《黑桃皇后》中扮演公爵夫人，在《叶甫盖尼·奥涅金》中扮演奶娘等角色。她的演出始终与轻歌剧和戏剧有关，在后来的舞台生涯中，她扮演了喜剧角色。

在乌克兰之家上演的乌克兰轻歌剧和音乐剧有众多的热情爱好者。我还记得这些剧目，特别是:《康恰罗夫卡的相亲》《奴隶》和《哥萨克奔赴多瑙河》等都是由叶·戈·达维多娃导演的。

哈尔滨人尤其喜爱轻歌剧。也许它营造了某种类似于节日的气氛吧，而这种气氛又是在那个沉重的年代里十分缺乏的。

哈尔滨的舞台上也逐渐注入了芭蕾舞的蓬勃生机。哈尔滨人与忒耳西科瑞①的接触都得益于美丽的舞蹈老师兼编舞安·尼·安德列耶娃。她曾是叶·瓦·克维特科夫斯卡娅俄罗斯歌剧院的舞剧导演。此前，她是伊·彼·费奥科基斯托夫莫斯科皇家芭蕾剧院演员，毕业于马林斯基剧院弗·康·伊热夫斯基芭蕾舞学校。

他们为哈尔滨培养了整整一代具有天赋的芭蕾舞演员，他们演出的不是一般性的舞蹈，而是单独的芭蕾舞剧目。

在不同时期，哈尔滨的芭蕾舞舞台上上演了一系列堪称经典的剧目，有芭蕾舞剧《天鹅湖》、《葛蓓莉娅》（编舞：费奥克蒂斯托夫）、《睡美人》（编舞：伊热夫斯基）、《莱梦达》和《胡桃夹子》（编

①希腊神话中九个缪斯之一，是司舞蹈的女神。

舞:安德列耶娃)等。

芭蕾舞导演安德烈耶娃具有极高的艺术修养，她精力充沛，先后执导了几十部优秀的芭蕾舞剧，其中还包括儿童芭蕾舞剧目。儿童芭蕾舞剧《集市旋转木马》和舞蹈小品《高山之魂》,给所有的哈尔滨观众留下了深刻的印象。她开设的芭蕾舞学校为这座城市培养了一大批天才的芭蕾舞演员。因此，在这个拥有不到几万俄罗斯人的城市里随处可以听到人们在谈论芭蕾舞艺术。

安·尼·安德烈耶娃的一位学生尼娜·阔热夫尼科娃是远东的芭蕾舞明星,后来她师从叶·瓦·克维特科夫斯卡娅继续深造。她的舞蹈生涯开始于哈尔滨铁路俱乐部歌剧院的芭蕾舞团。她曾在哈尔滨的许多芭蕾舞学校就读，先后得到了弗金和科拉夫琴科、谢洛夫和曼热利以及权威的多罗波夫的悉心培养。此后,尼娜·阔热夫尼科娃去了上海,1940 年在那里成功主演了芭蕾舞剧《艾丝美拉达》,成为俄罗斯芭蕾舞团演员。同年,她又主演了《神驼马》和其他舞剧。目前,她居住在澳大利亚,至今也没有被人遗忘。生活在东京的日本古典芭蕾舞的奠基人小牧正英(Komaki Masahide)撰写了有关芭蕾舞艺术的书籍,书中多次提到了她的名字。

有意思的是,这本书的作者小牧正英正是克维特科夫斯卡娅的学生,他曾以艺名列奥·多诺尔和科斯嘉·马克西莫夫在哈尔滨和上海演出。在接受谢·阿加弗诺夫的采访时,他这样描述在哈尔滨的生活:“我十分愿意回忆自己的学生时代。那时学到的不仅仅是舞蹈和舞台艺术方面的常识，首先是汲取到了营养丰富的俄罗斯艺术、文化和传统,那是与伟大的天才的难忘会面。”还有,在我看来,他作为旁观者对外国侨民艺术家的看法也很深刻:“尽管演出场场爆满，处处都赢得观众的掌声和欢呼声，那些成就和荣誉也的确能够满足任何演员的虚荣心，但对故乡的愁思永远如影随形般地在他们的身上萦绕。”

真正的艺术语言，是全人类都相通的！

在澳大利亚还居住着另一位克维特科夫斯卡娅的学生，她就是多才多艺的妮娜·涅德兹维茨卡雅。在一份俄侨杂志中，她回忆道：1945年后，她在哈尔滨的各个俱乐部编演舞蹈，包括中长铁路俱乐部、秋林公司俱乐部、还有中国自己的机构鲁迅艺术学院、哈尔滨歌剧芭蕾舞学院、合肥和北京的艺术院校。

下面再介绍克维特科夫斯卡雅的另一名学生，她就是独舞演员谢拉菲姆·奇斯托金娜。在以后的日子里，她也从前辈编导们手中接过了“教育的火炬”。1948年至1955年间，她成功领导了第一苏联小学附属芭蕾舞学校，编导了《胡桃夹子》和《灰姑娘》。目前奇斯托金娜定居在巴西，偶尔还会作为圣保罗俄罗斯民族舞蹈团的团长参加演出。

有一次奇斯托金娜访问莫斯科时我有幸与她见了一面。那天的天气阴冷而潮湿，已习惯于南方气候的她被冻得瑟瑟发抖。当然，岁月在我们的身上都留下了印记。但她凭着艺术天赋和高超的演技所塑造的形象霎时又浮现在我的脑海里，我仿佛又回到了马迭尔，在那里看她演出的《红色连衣裙》，那是我在哈尔滨最后一次见到她。

1945年后，很多艺术工作者仍然继续留在铁路俱乐部和其他艺术团体等文化场所工作。奇斯托金娜说，她是著名的克维特科夫斯卡娅的学生。来自苏联已在哈尔滨工作了一段时间的艺术指导阔洛特涅夫也被她当作自己的老师(关于这位老师,妮娜·涅德兹维茨卡雅曾经在回忆录中这样写道:“在课堂上他很残酷,很严厉,此前,我们没遇到过像他那样的老师)。

1945 年后,形势的变化影响到了整个哈尔滨的音乐生活。例如,1947 年,原有的音乐学校和培训班合并成了苏联高等音乐学校。学校分三部:一部是音乐学校,学制 7 年;二部是音乐专科,学制 4 年;三部是音乐学院,学制 5 年。课程全部按照苏联的模式安排。校长由费·耶·奥克萨科夫斯基担任,戈·米·西多罗夫任副校长。在 10 年的时间里,经验丰富的教师们向年轻人讲授了钢琴、小提琴、大提琴和声乐课程,直到他们离开哈尔滨。由戈·雅思特列姆斯基、叶·契尔诺夫、戈·西多罗夫和米·维金博格等教师组成的四重奏也演出了 2 年。

苏联高等音乐学校延续了哈尔滨多民族的传统,在该校就读的学生不仅有俄罗斯人,还有中国人和朝鲜人。

银幕与舞台

20 世纪 40 年代，在哈尔滨的文化生活中出了一个新鲜事儿：报纸杂志铺天盖地地为马迭尔电影院周末、节日新节目“音乐舞蹈片现场助兴歌舞”做广告，人们给这事儿起了个好听的名字——银幕与舞台。

这个点子很受欢迎，观众和演员皆大欢喜。尽管上台表演的都是专业演员，观众有时还是会对演出剧目的编排不太满意。我还记得去马迭尔看节目时的场景，一开演，整个人立刻就沉浸在欢乐和享受中，而当时我还只是个念高小的小姑娘。不过这些滑稽短剧和独幕剧的确没有什么独到之处，就更别提有多么深邃的思想了。但长时间的演出中总会有现场歌舞表演，当然还放映电影！对哈尔滨人来说，看电影不仅是消遣，更是了解世界的好窗口。

如果说，起初哈尔滨的电影院少到屈指可数，但随后，当无声电影开始发声时，市区内的电影院就如雨后春笋般冒了出来。影院的名字也极富传统意味："巴拉斯"（城堡中的主堡）（Палас）、"奥连特"（东方）（Ориант）、"斯塔尔"（明星）（Стар）、"吉干特"（巨人）（Гигант）等等。20 世纪 20 年代至 30 年代期间，与欧美国家的电影院一样，在哈尔滨的电影院能看到在沙漠中饥渴挣扎、濒临死亡的《宾虚》——拉蒙·诺瓦罗[1]；灵活地穿梭在非洲丛林中的人猿泰山——约翰尼·韦斯默勒[2]；在银幕上潇洒地跳着踢踏舞的弗雷德·阿斯泰尔[3]和金格尔·罗杰斯[4]；亨利·瑞德·哈格德[5]创作的在艾莎女王统治的神秘山国里百发百中的牛仔形象；还有那个在银幕上和数不清的广告画及商标上总是喜气洋洋的鬈发小女孩——秀兰·邓波儿[6]……

西方的影星（尤其是好莱坞的漂亮女星）备受欢迎，大家都热衷于在美国杂志《电影故事》中了解他们的趣事，这本杂志在二战开始前始终有售。关于好莱坞的奇闻逸事在《边界》和其他杂志中也有介绍。观众甚至还可以与心爱的演员通信，神奇的是他们竟能收到回信。在那个年代，好莱坞演员也借助于与世界各地的影迷通信来博取声望。

---

①译者注：拉蒙·诺瓦罗（Ramón Novarro），1899—1968。墨西哥著名演员、导演、制片人和编剧。被誉为"银幕上的拉丁情人"。

②译者注：约翰尼·韦斯默勒（Johnny Weissmuller），1904—1984。美国游泳运动员，曾参加两次奥运会比赛。退役后成为演员，多次扮演人猿泰山，是该形象最知名的扮演者。

③译者注：弗雷德·阿斯泰尔（Fred Astaire），1899—1987。美国电影演员、舞蹈家、舞台剧演员、编舞、歌手。演出生涯长达 76 年，奥斯卡终身成就奖获得者。

④译者注：金格尔·罗杰斯（Ginger Rogers），1911—1995。美国舞台剧、电影女演员，1940 年获奥斯卡最佳女主角奖，好莱坞 20 世纪最伟大的女电影明星之一。

⑤译者注：亨利·瑞德·哈格德（Herry Rider Haggard），1856—1925。英国作家，作品以描写非洲冒险故事及异域风情为主。

⑥译者注：秀兰·邓波儿（Shirley Temple），1928—2014。美国电影演员，著名童星、官员。7 岁就获得了第 7 届奥斯卡特别奖，2006 年获美国影视演员协会终身成就奖。

十月革命前，哈尔滨曾放映过由维拉·霍洛德娜雅（Вера Холодная）和伊万·莫茹欣主演的俄国电影。随后（在1935年以前）也开始播放苏联影片，但数量很少。我只记得《生活指南》一部片子。1945年以后，各类影片铺天盖地，它们给饱受思乡之苦的同胞们带来了无限的慰藉。时至今日，回想起来印象仍是那么深刻，令人心潮澎湃。这是与故乡的神聚啊！我觉得只有当一个人离开祖国时，尤其是在迫不得已离开祖国的情况下，才能真正体会到这份炙热的情感。

现在让思绪再回到20世纪三四十年代。在二战前，美国电影遍地开花。有家电影院（记得好像是在埠头区的"巴拉斯"）甚至专门放映"牛仔"片。随后，德国电影独占鳌头。观众们被玛莎·艾格丝[①]的美貌深深吸引，被札瑞·朗德尔[②]的美妙绝伦的女低音所折服，对爱米尔·强宁斯[③]的精湛演技则赞叹不已。一些电影院还放映日本的艺术影片，它们主要讲述旧时日本武士的生活。

那个年代欧美电影公司制作的某些影片虽然内容空洞乏味，但精美的画面和圆满的结局总能给观众带来些许希望，认定生活"终将美好"！电影明星姣好的面容、典雅的服饰、奢侈的别墅、动听的旋律，这一切都在观众的心中播下了对未来幸福充满憧憬的种子。与今天这些"精心编排"，有时甚至十分残酷的影片相比，那时的电影真的十分单纯，一如当时的文学艺术。在我看来，战争年

①译者注：玛莎·艾格丝（Márta Eggerth），1912—2013，匈牙利出生的美国轻歌剧女演员、电影演员。
②译者注：札瑞·朗德尔（Zarah Leande），1907—1981，瑞典女演员。
③译者注：爱米尔·强宁斯（Emil Jannings），1884—1950，瑞士电影演员、导演，首届奥斯卡最佳男主角奖获得者。

代前的导演都具有毋庸置疑的品质：他们坚信，善良和美好终能战胜一切邪恶。而对那些生活在水深火热中孤苦伶仃的俄罗斯侨民来说，这一切对他们的心灵都是莫大的抚慰！

城市的首家剧院设在埠头区的城市公园内，舞台就是一座简单的露天夏季舞台，尽管一年四季都会在这里上演节目。这是1905年的事。当地的报纸直接写道：剧院的特别之处是其中的一间休息室就设在一个敞开的帐篷下。

剧院的创始人是俄国的剧团经理伊·米·阿尔诺尔多夫（И.М. Арнольдов），当时他正暂居哈尔滨。1904年至1905年间，他在商务俱乐部组织上演了轻歌剧，演员大多是乌克兰人，演出场场爆满，用他自己的话说："赚得盆满钵满！"

在这崭新和富裕的边区里充满机遇，阿尔诺尔多夫被牢牢地拴在坐落于城市公园里的剧院舞台上。演出一直持续到一战前夕，他邀请了许多演艺界的名流来哈尔滨演出。

战争时期从剧院的舞台上走出了2名当时尚未成名的俄罗斯女演员——娜杰日达·普列维茨卡雅（Надежда Плевицкая）和瓦莉亚·帕宁（Варя Панин）。此后，她们不仅受到了俄罗斯观众的欢迎，而且名扬世界。举世闻名的亚·德·维亚利采娃（А.Д. Вяльцева）也曾来哈尔滨演出，当时的报刊对她的到访做了介绍。她的出场费为1万卢布，这在当时可是个天文数字。按照那时的惯例，观众们为了答谢她出神入化的表演，会把粘满500卢布大票的鸵鸟羽毛扇献给她。

那时在哈尔滨还没有较强的演员班底，正是这些来自各地的著名演员营造起了这座城市的戏剧文化氛围，提升了观众的品位。伊万诺夫剧团、古巴诺夫剧团和其他导演的剧目都曾出现在城市的舞台上；当时颇受欢迎的利奥尼德·安德烈耶夫（Леонид Андреев）写的剧本也被搬上了舞台。

1909年举世闻名的戏剧女演员维拉·费多罗夫娜·阔米萨尔热夫斯卡雅（Вера Федоровна Комиссаржевская）来哈尔滨演出，轰动一时。火车站人声鼎沸，人们列队欢迎她的到来。她访问哈尔滨时，风华正茂，正值演艺生涯的黄金时期，是俄罗斯观众的宠儿。哈尔滨的报刊写道，她表演的《女巫》《玩偶之家》等戏剧，向众人展示了高超的技艺，她对角色的拿捏超出常规，完全不同于当时一般的表演手法。可以想象，当时的演出是多么新颖、神秘和受欢迎啊！

在下一个演出季中，她去了中亚，但不幸的是，此行伟大的演员感染上了天花，于1910年香消玉殒。

当年许多著名艺术家都曾在哈尔滨的舞台上献艺：第聂伯罗娃（Днепрова）、达维多夫（Давыдов），喜剧演员瓦尔拉莫夫（Варламов）、格里高利·格（Григорий Ге）、罗辛娜–茵萨罗娃（Рощина–Инсарова）。

自1911年起，戏剧生活的中心从各个不太便利的小剧场转移到铁路俱乐部。城市里的首批自编自导的戏剧是由扎列索夫（Залесов）和阿布洛夫（Аблов）两位导演完成的。城市各剧团的演员很多都来自皇家剧院。1913年建成的马迭尔剧院为当地的剧团提供了更多机会。

导演兼演员亚·谢·奥尔洛夫（А.С.Орлов）组建了规模庞大的剧团，约10年光景就汇集了这座城市里最棒的演艺人才。新生力量主要来自莫斯科艺术剧院的叶·尼·科尔纳科娃-布里涅尔（Е.Н.Корнакова-Бринер）[1]培训班。这里的许多演员，日后都功成名就。

弗·伊·托姆斯基

1938年，出色的演员兼导演弗·伊·托姆斯基（В.И.Томский）访问哈尔滨。他组建的剧团在首个演出季就为观众奉献了18场话剧，剧目包括契诃夫、涅米罗维奇-丹钦科（Немирович-Данченко）、苏姆巴托夫-尤任（Сумбатов-Южин）、祖德曼（Зудерман）、易卜生、奥斯特洛夫斯基（Островский）等创作的作品。

维·维·潘诺娃

在艰难的20世纪40年代，哈尔滨的剧团上演了很多历史题材的戏剧。由俄罗斯戏剧协会编排的彼·波列弗伊（П.Полевой）和弗·克雷洛夫（В.Крылов）的戏剧《索菲亚女皇》令人瞩目。该剧由才华横溢的女演员兼导演维·维·潘诺娃（В.В.Панова）编导，共有40名演员参演，这对哈尔滨的剧院来讲是很少见的。哈尔滨的观众还欣赏了由托姆斯基编导的格涅季奇（Гнедич）的《霍洛普》，阿·康·托尔斯

①摘自奥·叶·阔尔纳科娃（О.Е.Корнакова）的《铁路与命运》，莫斯科，1985年出版。

泰（А.К.Толстой）的《布哈林》《沙皇费多尔·伊奥诺维奇》等。1935年，哈尔滨还上演了列尼科夫的颇受欢迎的侨民戏剧《童话生活》，该剧描写的是俄罗斯侨民在法国的生活，属小品体裁。

哈尔滨的观众对奥斯特洛夫斯基的《赚钱之处》《瓦西莉莎·梅列吉耶夫娜》《野蛮人》等戏剧始终热情不减。维·潘诺娃（В. Панова）、拉·捷秋科娃（Л.Тетюкова）、奥·亚诺夫斯卡雅（О. Яновская）、叶·玛鲁琳娜（Е.Марулина）、彼·季亚科夫（П. Дьяков）和弗·托姆斯基都分别参演，精彩演绎了这些剧目。

我不记得当地的剧作家叫什么名字了，只对阿拉·斯维特兰诺娃（德沃尔日茨卡娅）印象深刻，她既是一个出色的演员，又善长戏剧创作。她创作和演出的剧目包括《你的名义》和《我们》等。

此外，还上演过由娜·阿尔别尼娜（Н.Арбенина）主演的易卜生的《玩偶之家》和由列·尼·瓦西里耶娃–列别杰娃（Л.Н. Васильева–Лебедева）主演的莫里斯·德哥派拉的《戴安娜》，还有席勒和其他西方经典作家的作品。

当然，我们这辈人远离祖国，应当感谢这些活跃在舞台上的耕耘者，是他们给了我们接触俄罗斯和世界戏剧艺术遗产的机会。这些导演有：弗·伊·托姆斯基、维·维·潘诺娃、列·尼·瓦西里耶娃–列别杰娃和其他与哈尔滨剧院息息相关的艺术家。不仅哈尔滨的观众需要感谢他们，中国其他城市的观众也要感谢他们，因为他们带领剧团定期去各地做巡演。

老一辈的演员中谁最令人难忘？我曾问过20世纪50年代在哈尔滨开始演艺生涯的弗拉基米尔·尼古拉耶维奇·科姆拉托夫，他是莫斯科的职业演员和戏剧教师。

“瓦西里·伊万诺维奇·托姆斯基！”他毫不犹豫地回答，并做了解释。俄国戏剧被命运抛弃在遥远的边疆，在难以想象的困境中，在没有任何补贴的情况下进行演出，这位才华横溢的演员却总能为表演的每个角色增光添彩。他真是位伟大的表演艺术家！他凭借巧妙的化装技术和精湛的演技令所有观众折服。

此外，弗·伊·托姆斯基与著名俄罗斯导演、演员康斯坦丁·亚历山大罗维奇·祖博夫（Константин Александрович Зубов）是同时开始演艺生涯的，他们年轻时就是好朋友。

如果把当年哈尔滨的戏剧生活与现代相比较，就会得出这样的结论：那时哈尔滨的戏剧舞台始终遵循旧时俄国戏剧的准则。弗·尼·阔姆拉托夫（В.Н. Комратов）讲道：比如托姆斯基都是在周六上演剧目（按照惯例周二对台词，周三排练剧目的上半部分，周四排练剧目的下半部分，周五总排练，周六正式演出）。当然，在没有提词员的情况下，尤其是年长的演员，就一定得按照这个程序来，因为记忆力减退了。

此外，就连给演员发工资都是参照革命前的俄国剧院标准。给演员发的也是“票券”，上面标明来自票房收入的具体金额。得钱最多的是导演，能拿到 3 张至 5 张，而演员则根据其在剧团中的地位核算。

演出时一般只有简单的道具和舞台布景。最基本的要求是得有舞台的前景空间——两块彩画幕布和普通的围板。这些无论对演员还是对观众来说都能接受，并没有引起不满。

演员们凭借自己的高超演技和丰富的剧目来弥补装饰不够豪华的舞台。弗·伊·托姆斯基拥有丰富的戏剧类藏书和很好的戏服，这在国外是很不容易的。在哈尔滨的演员们使用两个戏服库，他们相互竞争，其中一家戏服库的拥有人是导演托姆斯基的妻子达·托姆斯卡娅（Т.Томская）。

“每次想起更换租借戏服的那些日子，就不由得发抖，”弗拉基米尔·尼古拉耶维奇·科姆拉托夫回忆道，“因为总会出现各类情况，要么是带子断了，要么是扣子丢了，还有可能把上一个使用者的账算到我的头上。这些都让人揪心，既有精神上的，也有物质上的。”

这就是演员们的生活！而享受演出的观众们根本无法看到幕后的不安与混乱。

他们或许也没有看到，舞台布景美术家们对戏剧布景付出了多么巨大的艰辛努力，因为要为各类演出找到既不太贵又能使舞台有丰富多彩的效果的道具是多么难啊！

荷花艺术学校

所有哈尔滨人都知道坐落在新市街上的那栋漂亮的建筑。它就矗立在圣尼古拉教堂的旁边，被称为梅耶洛维奇大楼。我经常路过那里，但那时并不知道在20世纪20年代荷花艺术学校就设在这座大楼的顶楼。

在莫斯科翻阅一份哈尔滨早期出版的旧杂志时，我注意到了一份广告：荷花艺术学校，教授绘画、钢琴、小提琴、朗诵、哑剧、音乐理论以及视唱和艺术史等。

在这里上课的教师都是十月革命后第一拨逃难来的俄罗斯知识分子。米·基奇金（M.Кичигин）曾教授绘画课程。他毕业于斯特罗加诺夫美术学校和莫斯科绘画、雕塑和建筑学校。他是个很有天赋的画家，画风独特，剑走偏锋。在中国居住的近30年时间里，他创作了大量独具特色的油画和素描作品。天才的雕塑家亚·卡门斯基（А.Каменский）曾在这里教授雕塑课程，他也毕业于莫斯科绘画、雕塑和建筑学校。后来，卡门斯基去了巴黎，他在那里师从雕塑大师罗丹。亚·亚·别尔纳达采（А.А.Бернадацци）和弗·米·阿纳斯塔耶夫（В.М.Анастасьев）两个人负责艺术史课。哈尔滨著名的教育家、美术教师亚·霍洛基洛夫（А.Холодилов）教授素描和雕塑课程。音乐课由康·亚·拉扎廖娃[①]（К.А.Лазарева）和她的丈夫鲍·米·拉扎廖夫（Б.М.Лазарев）教授共同承担。

维拉·叶梅利扬诺娃·库兹涅佐娃－基奇金娜（Вера Емельяновна Кузнецова－Кичигина），后来成为米哈伊尔·亚历山大洛维奇·基奇金的妻子。她是与荷花艺术学校关系最直接的人，不久前刚听她亲口讲述了一些荷花艺术学校的事情。

这要从我参加他们在雅罗斯拉夫尔美术馆举办的画展说起。从步入展厅的一刹那，我就立刻被那种独特的东方韵味包围了：画布上是阳光明媚的中国风景，还有和尚、苦力、农民和商人的形象，个个栩栩如生，他们的眼睛好像都在盯着我。我结识了画展的主人基奇金娜。当晚我们又见面了。我们一起翻阅照片，再一次回到了我们共同的出生地哈尔滨。荷花艺术学校，正是在那里，这位天才画家迈出了自己的第一步。

基奇金娜长得瘦小但精力旺盛，尽管已上了年纪，但还是生动形象地向我讲述了自己和米·亚·基奇金的事。他们的个人经历和创作生涯可以单独写成一本书，就像众多背井离乡的俄罗斯人一样。

1929 年，他们离开哈尔滨移居到了上海，并游遍了中国。

---

①康·亚·拉扎廖娃，著名钢琴家和指挥家亚·伊·基洛提的女儿，俄罗斯科学艺术资助人彼·米·特利季亚科夫的孙女。

“我们用画笔描绘了青岛的大海和崂山，还有广东的水渠。中国是一个童话般美丽的国家，自然景色美得令人窒息，光从天空中洒下来，构成了一幅幅绚丽多姿的图画。和煦的阳光普照着大地，感觉一切都是透明的，身上被太阳晒得暖暖的，十分惬意。那里的夕阳尤其美丽……后来我走了很多地方，但再没有看到这么美丽的天空。”基奇金娜回忆道，“几年里，我们接连去了中国的首都北京，城里到处都是中世纪的建筑，有宫殿和庙宇……米哈伊尔·亚历山大洛维奇画油画，选择的对象都是令人印象深刻的建筑。他对建筑的结构和造型很有感觉，所以，画面布局相当巧妙。我那时还是个刚刚起步的画家，庞大的建筑群对我没有吸引力。我希望能够用画笔来表现中国建筑的观赏性，体现出那种雄浑沧桑的感觉，但这非常难。我通常都是用水彩作画，不是因为喜欢，而是因为没钱买油彩和画布。”

在上海举办的大型画展上，基奇金娜的水彩画首次亮相就得到了好评。评论家们注意到，年轻的女画家对色彩特别敏感。“她画里的太阳在发光，画面上的空气是透明的。”1931 年的一本厚厚的上海杂志《星期一》里有着这样的记述。

20 世纪 30 年代这两位画家不仅周游了中国，还到过朝鲜，去过日本两次。无论在哪里，也不管什么时候，只要基奇金一出现，他就总是被学生们团团围住，他的学生既有俄罗斯人、中国人，也有西欧其他国家的人。有趣的是，据基奇金娜回忆，基本上所有在他那儿学习的俄罗斯学生都是免费的。

画家夫妇的许多画作都卖掉了，现在被各国的私人收藏家收藏着，但万幸的是，他们的主要作品还在苏联，因为在 1947 年他们返回故乡时,他们将画作都带了回来。

这对画家夫妇返回苏联后，起初的日子并不好过。基奇金作为画家和教师没有马上得到认可,而基奇金娜则受到迫害。

我一直在想，这个外表羸弱矮小的女人得度过多少艰难的岁月啊！其实现在她活得也不易,尽管很久前就被平反了。她的绘画逐渐得到了认可,还可以举办个人画展。她现在孤身一人,而最痛苦的是视力下降给她带来各种不便。雅罗斯拉夫尔美术馆在竭力地帮助她，美术馆简直就成了她的第二个家。她把主要作品和她写的回忆录都捐给了美术馆。

荷花艺术学校把这一代哈尔滨画家聚集在它的周围，而生活则把他们推到了世界各地。例如维克多·米哈伊罗维奇·阿尔纳乌托夫(Виктор Михайлович Арнаутов),他先从哈尔滨去了上海,然后到了美国,而后又在墨西哥居住了一段时间。他的作品受迭戈·里维拉[①]的影响很大。在迁居美国后,他于1938年加入了共产党。二战期间,他参与了援助苏联的工作。

岁月无情地流逝着,画家的心里始终都系念着祖国。1961年,他作为旅游者来到苏联,1963年回国定居。资料显示,那时他住在日丹诺夫(译者注:现乌克兰马里乌波尔),然后去了列宁格勒。他回国后举办过画展,尽管年岁已高,但他始终精力充沛地工作,直到去世。

①迭戈·里维拉(Diego Rivera,俄语全名 Диего Мария де ла Консепсьон Хуан Непомусено Эстанислао де ла Ривера и Барртентос Акоста и Родригес,1886—1957),墨西哥著名画家,20世纪最负盛名的壁画家之一,被视为墨西哥国宝级人物。

这里还可列举出许多不同时代留在中国的画家，比如亚·斯捷潘诺夫（А.Степанов）、弗·潘诺夫（В. Панов）、尼·维尤诺夫（Н. Вьюнов）、米·皮亚内舍夫（М. Пьянышев）等。他们都在自己的画布上记录了那个时代这个国家的生活情景和独特的风光。在一系列国外出版物中，除了奇基金的那些有趣而又令人印象深刻的风景画和人物画外，还可看到弗·扎瑟普金（В.Засыпкин）的作品，他的画具有敏锐的洞察力，能够触及人的内心。米·洛巴诺夫（М. Лобанов）和弗·波德古尔斯基（В. Подгурский）的绘画以肖像为主，而扎多罗日内兄弟（бр. Задорожные）和亚·德·萨夫罗诺夫（А. Д. Сафронов）则为教堂作画。

侨居国外的俄罗斯画家的作品被世界各国的私人收藏家收藏，不过，还是有部分作品回到了祖国。例如谢·舍什民采夫（С. Шешминцев）就把画作送回了俄罗斯。1978 年他在美国逝世，根据他的遗嘱，他的作品和书籍被转赠给了库尔干，这绝非偶然，因为在库尔干的乡土里埋葬着他的母亲。他的作品有的描绘了俄罗斯风景，有的则是哈尔滨人都熟悉的独特的满洲风景，当然，还有哈尔滨的俄罗斯教堂的轮廓。

在 20 世纪 50 年代返回祖国的还有亚·库·霍洛季洛夫，他此后一直在阿巴坎师范学校教绘画和雕塑。他们当中还有一位哈尔滨最有名的画家斯捷潘诺夫。

斯捷潘诺夫出身于军人家庭。第一次世界大战时，他当过空军，但他选择了绘画作为自己的终身职业。他曾就读于莫斯科美术学校，十月革命后去了符拉迪沃斯托克，随后从那里到了哈尔滨。

斯捷潘诺夫秉承了俄罗斯绘画的写实风格，他的创作题材很广泛，但最棒的要数他的大型风景画——《巴里木》[1]，映入眼帘的是松花江岸边的黄色浅滩，以及满洲草原的农村景象。

据弗·戈罗季林娜（В.Городилина）回忆，在他画舞台的背景时，她曾在旁边观看，对他的绘画技艺深表赞叹。画面上的那些木屋旁的花楸和丁香至今依然历历在目。当然，还有南方秋海棠的大叶子、停在铁路线上的带暖气的俄罗斯火车，以及在某部剧的大背景上描画出的阳光透射过空气的迷人景色……在创作的时候，他能说出各种颜料的名称，他尤其喜欢使用那种适合描绘树梢上的叶子的颜料，画面上的叶子仿佛吸取了浓郁而透明的空气……

斯捷潘诺夫于 1955 年返回故乡，定居在新西伯利亚市。他的儿子也住在同一个城市，也是一名画家。

尼·季托娃（Н.Титова）在哈尔滨协会杂志中这样写道："斯捷潘诺夫直到逝世前仍在坚持作画。他与家人住在位于阔斯米契卡雅大街上的赫鲁晓夫式的两居室里。每到夏天，高大茂密的树木就遮挡住了窗外的天空，使得屋内的光线也阴暗起来。"他在晚年已经不能出门了，身体非常虚弱。如果要作画，他就只能等待着斑斑驳驳的光线穿过树叶照进屋子，因为只有光线充足时他才能作画。当他开始画画时，供家人栖身的狭小而拥挤的屋子就变成了他的画室……

斯捷潘诺夫的退休金并不多，所以他总得努力作画赚钱。他凭着超强的记忆力，创作了许多以满洲风景为题材的作品，那可是被哈尔滨的俄侨视为珍品的啊！他为人作画，却只收很少的钱。画好了，他就把画送到邮局寄给人家，邮件都包得很精心。（我收藏了他

---

①中东铁路南线车站。

凭记忆画的2幅画：十字岛和从帆船俱乐部远眺松花江的全景）

除了画家这个身份，斯捷潘诺夫在哈尔滨还是位很有名气的美术教师。他在自己的画室里教年轻人绘画基础课。

当时，还有其他颇受年轻的绘画爱好者欢迎的画家。例如：亚·尼·克利缅季耶夫（А.Н.Клементьев）教授，他师从列宾，并在艺术学校就读。十月革命前，他的绘画作品就已经在《尼瓦》和《绘画》杂志上发表了。从1914年起，克列缅季耶夫开始从事教育工作，先是在鄂木斯克中等军事学校，随后又到鄂木斯克工业技术学校任教。

他曾有很多学生。1944年，画室的学生们举办了画展，展出了近百幅作品。参加画展的画家包括亚·彼·阿巴什金–魏捷梅尔（А.П.Абашкин–Вейтемейер）、伊·亚·布雷切娃（ И.А. Булычева）、米·康·劳特曼（М.К.Раутман）、弗·弗·索洛夫耶夫（В.В.Соловьев）、弗·谢·苏希赫（ В.С.Сухих）、尼·彼·托克马科夫（ Н.П.Токмаков）等，他们都是他的学生，真可谓桃李满天下。

在哈尔滨还有画宗教题材的画家，如：巴维尔·瓦西里耶维奇·尼科林–捷普利亚科夫（Павел Васильевич Николин–Тепляков）。现居澳大利亚的莉吉雅·雅斯特列波娃（Лидия Ястребова）曾向我提到过他。可是不知道为什么，没有人提起这位俄罗斯的老画家、画院院士。“小时候我和妹妹都喜欢画画，可以坐在桌前画许久，把脑子里想到的都画出来。父母听说有这么一位好的美术老师，就把他请来给我们上课。那时，我们还在上学，他每周来4次，3次是在放学后，1次是在周日的早晨。周日上午上完课，他会留在家里吃午饭，就这么教了3年，直到我们全家离开哈尔滨搬到大连。从那以后,我们一直都把自己的画寄给他,请他做点评,一直到他去世。”

据尼科林-捷普利亚科夫自己讲,他来自村民中盛行画圣像的乡村。从圣彼得堡到各乡村都有专业委员会,负责招收有天赋的孩子到圣彼得堡美术学院学习,而尼科林-捷普利亚科夫就是这么被选中的。毕业后,他去了西伯利亚,在那里教书和画画,还在其中一个城市(据雅斯特列波娃回忆好像是在伊尔库茨克)买了房子,与妻子和3个女儿过着富足的生活。

但不久,他的生活就被俄国十月革命打乱了,他带着全家来到哈尔滨,并卒于此(他很长寿)。雅斯特列波娃始终怀着对老师的温馨记忆,后来,她也成为画家和肖像摄影家。此外,她还回忆起了老画家的其他几位学生,如莉达·劳特曼(Рита Раутман),她认为这是一位在布里斯班市堪称才华横溢的圣像画家。

我们从澳大利亚再回到战前的哈尔滨。

为了使哈尔滨人能更好地了解画家,在东省文物研究会的支持下,人们经常定期举办小型画展。这类小型画展的地点,一般选在埠头区秋林公司对面的日本百货商店或青年基督会的自然和地理俱乐部等处。有时也举办大型画展,比如在20世纪30年代,就曾举办过斯捷潘诺夫和洛巴诺夫的绘画作品联展。

回忆这一层面的哈尔滨文化生活,单就画展而言,与同处于20世纪三四十年代的上海相比,那里举办的画展次数更多,也更有特色。

显而易见的是,上海这座国际化的港口城市确实为造型艺术的发展提供了更多的机遇。

在压迫下

今天所有人都知道,1939 年 9 月 1 日在波兰境内爆发的第二次世界大战是人类历史上最具毁灭性的战争之一。当时哈尔滨的人们怀着困惑和同情读着有关战争的报道,或是在电影院里从影片放映前播放的新闻片段里(可能是精心挑选的)获得有限的消息。

银幕上的影像记录的只是短短的一瞬间,但这些片段却揭开了欧洲大地上正在上演的惨剧真相。画面上都是被毁掉的美丽城市和被战争风暴驱散的逃难人群。

而在当时的条件下,我们大多数人当然不能对发生的情况有更深层的了解, 也就更不能预测其后果了。只是朦胧感觉这世界出了大事儿。此后,我们才知道,在苏联的外交和国内政治的舞台上也同样出了大事儿。

根据目前的最新报道，二战初期日军人数为450万，后期达到700万人，关东军驻满洲的人数为1万人。

在二战前夕的1937年7月，抗日战争全面爆发。1938年夏天，在哈桑湖[①]，苏联与日本发生边境冲突，当地报纸是这样记载的：苏日冲突（杀死海员，骚扰日本国民等），在苏联边境发生的战争行动是"苏联方面违规"的结果。

1939年5月，在哈拉哈河[②]畔，又发生了新的冲突。那时，谁也没想到这场真正的战争打了好几个月。历史学家认为，这场战争对苏联东部边境产生了深远影响。

在受到苏军打击后，日本帝国主义者改变了扩张计划。哈拉哈河战事刚好在第二次世界大战刚爆发时结束。

与此同时，日本当局在哈尔滨和整个满洲都建立了十分严格的统治制度，并要求所有居民严格遵守，无条件服从当局的管辖。

城市生活，尤其是在20世纪40年代，遭到了严厉控制。在管理上被分成"小格子"，十户居民组织邻里互助[③]，必须严格遵守当局规定的单一联系制度。通过它，任何信息和上级的指令瞬间被传达到各层面的居民。任何个人之间的接触，这种行动也被传报

---

①译者注：哈桑湖是俄罗斯的小型湖泊，位于滨海边疆区与朝鲜接壤边境，处于符拉迪沃斯托克（海参崴）西南130千米。1938年夏季，哈桑湖发生了张鼓峰事件。1938年7月末8月初，日、苏两国之间围绕着张鼓峰、沙草峰这两个高地发生了一场军事冲突。伪满军也卷入了这场冲突。最后冲突以日军的失败告终，苏军则趁机进占全部张鼓峰，将其划为"苏满（中）界山"，并将其在洋馆坪一带的控制区推进到图们江边，仅给中国居民留出一条通往防川的狭窄"通道"。

②译者注：哈拉哈河又名"哈勒欣河"，"哈拉哈"蒙语为"屏障"之意。其靠近中国内蒙古与蒙古国的边境。1939年5—9月苏日爆发诺门坎战役，或称哈拉哈河战役，又叫诺门坎事件，是第二次世界大战初期日本及苏联在远东地区发生的一场战役。

③译者注：这里指"保甲制"。哈尔滨沦陷后，伪满政府沿袭旧体制，在基层施行"保甲制"。1933年12月22日，公布《暂行保甲法》，规定居民以10户为1牌，村或相当于村的区域为1甲，一个警察区域为1保。保设保长、副保长，甲设甲长，牌设牌长。实施《保甲公约》、连坐法。

回来。在这种全面控制的管理下，当局能够掌握所有信息，谁在哪儿住，谁说了什么，可能连谁想什么都知道（当局对日本居民也实施监控，大家都怕宪兵，尤其是军人，这些日本居民被本国便衣监控着）。

伪满政府对俄国侨民事务局的活动也进行监控。侨民事务局设有若干个处：一处处理社会问题；二处负责文化教育工作；三处为管理处，并下设铁路分处；四处为经济处；五处为慈善处；六处为法律处。在某个时期还设有第七处，名为远东军事联盟。

我认为，在俄罗斯人密集居住的地方设立这种社会机构，不仅具有政治意义，还有组织意义。它能够帮助人们找工作找房子。而且，人们在哈尔滨登记户口后，机构还为他们提供食品。

大多数俄罗斯人在当时是无国籍的。他们是俄罗斯人，但只是居住在这里的“俄罗斯侨民”，并不代表他们有国籍。他们和许多中东铁路员工一样，在1935年以前有苏联国籍，而在铁路被出售后，他们也没能离开满洲。

据我所知，根据判断，很多人不是自愿留下的，而是被物质和家庭条件所迫，滞留在这儿实属无奈。

市区实施了极其严格的登记制度和对变更居住地的监控制度。新来者或迁居者必须在12小时内到警察局登记，并提供居住证明。

哈尔滨街头的日本宪兵

节日里的北满铁路理事会大楼
（20 世纪 30 年代）

那些年，出版方面和其他生活领域都要受到十分严格的审查。俄罗斯居民还能像以往一样举办文化活动，但是都有日本人的耳目在严密监视。日本人对所有人都查得特别严，看是否有“敌对宣传”。根据弗·亚·莫罗佐夫[①]回忆，我们了解到皇家诗人康·罗文艺小组是如何开展工作的。就像 20 世纪 30 年代的“丘拉耶夫卡”文学小组一样，活动内容包括做报告、诗朗诵、讨论、音乐艺术表演和参加竞赛等等，可以说一切都似乎如常，但只有一样，活动日程必须接受日本当局检查。这个事实足以证明在哈尔滨所发生的变化。

①弗·亚·莫罗佐夫（Всеволод Александрович Морозов），曾任皇家诗人康·罗文艺小组主席，职业律师，从 1920 年起在哈尔滨居住，从事律师和社会活动。二战结束后，他返回祖国，于 1979 年去世。在去世前，他记录下了自己记忆中的所有有关哈尔滨的社会生活。他的女儿，作家噶利娜·莫洛佐娃热情地把他作品中的一些日记与我分享。

文学“星期一”的每次活动都需要得到警察的许可。这意味着，在周四前就要提供活动地点以及所有的资料，比如报告的内容、诗歌文本和抒情歌曲的歌词等。

一般情况下，警察并不到场，但有时也会来。如果活动当天他没出现，则要求在第二天向警察报告前一天的活动情况。当然，活动日程也会有变更的时候，只不过也要向警察说明情况罢了。

小组成员在哈尔滨中心广播电台播放文学艺术节目就更困难了(那时，哈尔滨本地的广播电台用 3 种语言广播：日语、汉语和俄语)。由于没有专门的频道以及居民没有足够的收音机，并不是所有人都能真正地收听到广播。在广播前要向军事审查部门提供节目文稿，一经审定每字每句都绝不允许改动。

莫罗佐夫回忆，当时小组准备了一个历史题材的广播节目——“两个首都——彼得堡和莫斯科”，明确地传递出了爱国的意味。这一期节目就立即遭到审查组的否决。在日本意识形态工作者看来，节目中最好不提苏联（此后，他们对节目做了一些改动，节目剪辑后才通过了审查，准许播放，也得到了俄罗斯听众的认可）。

在“俄侨的哈尔滨”，表面上这里的其他社会生活一切照旧，但审查制度还是随处都留下了自己的印记，当然戏剧剧目及其他各类活动的节目也都遭到了审查。此前已提到，学校里要学日语，举行东方仪式。在“满洲国”居住的所有民族的年轻人要定期到松花江沿岸无偿修建堤坝，到田间义务劳动，如收庄稼等。年轻人还必须参加其他活动——体育竞赛、植树和扫墓等。客观上讲，这类活动倒对身体健康很有好处。

扫墓的中学生

当局还搞各种活动周、活动月，加强对电话和电报的管制，大搞预防传染病宣传、戒除鸦片、反经济舞弊等活动，甚至还组织春秋两季的城市大扫除。各种活动真是五花八门！但各项制度却越来越严格。

1941年的初夏！尤其是在战争爆发纪念日，祖国的当代出版物都会提到这个给人们带来无数痛苦的黑暗日子——1941年6月22日。这一天对于侨居在世界各地的俄罗斯人来说也是黑暗的。对此，我刻骨铭心。

那天报童送来了报纸，我像往常一样习惯性地随便翻着，或许是在找电影广告吧。报纸上的大字标题蓦地映入眼帘，上面赫然写着："德国向苏联宣战！"……那一刻家里空无一人，一股无法控制的复杂情感在我的身体里猛然迸发。我记得，我的心因痛苦而抽缩，因恐慌而震颤，我的双眼仿佛透过了那道可见又不可见的边境线，看到了祖国成千上万的同胞……我为此而痛苦和惊恐。

当俄侨们听到这个令人愤恨不已的新闻时，他们会做出什么样的反应？下面是历史学家、哲学家和记者对此做出的最有意思的分析。众所周知，在我国发生的这场战争，对于侨民来讲，就是一道分水岭，就像闪电劈在树干上，把侨民分成了两半。许多侨民，尤其是那些退役的军人，表现出"保卫"祖国的强烈情绪。俄罗斯处于危难之中，它面对的是强大而可怕的敌人，哪还有什么"旧账"可算？

当时侨居在法国的著名俄国哲学家尼·亚·别尔嘉耶夫（Н.А. Бердяев）说："德国入侵苏联，我感到极大的震惊，深深地刺痛了我的心。我的苏联正面临着危险，它有可能被分裂和征服。"连许多当时不承认十月革命的俄侨都这么说，这么想。

但也有另一类人。很难说，他们的心里是否真的希望德国人（或日本人）能够帮助他们光复"旧俄国"？我真是不太明白侨民界某些人的欢呼。但他们是在准备妥协，他们要利用这场战争来达到自己的政治目的。那个一直秘密隐藏在大连某个角落的哥萨克首领谢苗诺夫，也跳出来利用节日和其他时机在报纸上发表声明。面色苍白而情绪焦躁的罗扎耶夫斯基（Родзаевский）用法西斯党筹集的钱大肆活动，在俄罗斯俱乐部的集会上发表煽动性的演讲。

1941 年 12 月，太平洋上发生了震惊西方的重大事件，日军偷袭了珍珠港，并击溃美军。这一事件很快就影响到了哈尔滨人的生活。关于珍珠港事件，一直有很多不同的说法，疑雾重重。当时人们对所有事件做了综合分析后，这场几乎导致世界最强大国家的舰队险些覆灭的战争的原因才慢慢地浮出水面。当然，现在一切都清楚了。日本军队是在绝密的情况下备战的，他们在特殊的靶场训练，把袭击的一切细节都考虑得极其周密。但在那时，人们只会感到一切都发生得太突然。后来在1975年日本天皇裕仁在美国做正式访问时，就那次背信弃义的攻击向福特总统表示谢罪。

那时日本为何没有进攻协同盟军作战的苏联呢？我们现在都知道，日本当时已经做了进攻苏联的准备。那么为什么没有发动攻击呢？可能是20世纪30年代末发生在哈桑湖和哈拉哈河的战役使日本军队吸取了“经验”，才使得日本政府决定暂停对苏军的攻击，或者是他们要等待更合适的时机？正如苏联史料记载，最初准备进攻的计划大约定在1942年春，代号为“关特演”[①]。

我不知为何会对那个春天记忆犹新。或许是因为这一年是我在校学习的最后一个学年。对于所有即将毕业的学生来说，尽管局势复杂，但心里难免还是有些兴奋和憧憬。

很难说，我们这些年纪不大的业余小演员能否演绎好伟大剧作家的作品，但戏剧的伟大力量可以超越尘世间的一切纷扰，促使每个人向往着美好的未来，教导我们传播友爱和善良。

然而，彩排和演出却在时刻地提醒着我们，半年后[②]即将到来的离别，但同时，这也或多或少地缓解了我们对不确定的前途的担忧。然后呢？继续上学？在哪儿上学？做什么都需要钱啊……春天里的醉人花香使我们的感情更为敏感，那是我们的浪漫时节，

①译者注：日本制订的进攻苏联的战争计划，代号为“关特演”（关东军特别大演习）。
②译者注：日本政府规定，学校学年应在12月前结束。

这或许是成熟期到来时所有人都会有的情愫吧。尽管战争还在肆虐，但对于年轻的我们来说，觉得它还很遥远。至少我个人没预感到什么直接的危险。

然而，危险是确实存在的。它已经降临。战争带来的可怕的阴影已经笼罩了我们，日本军队在哈尔滨周边密谋制造灭绝人性的细菌武器。在这个“受神灵庇佑”的哈尔滨，我们每个人都如临深渊。只是那时我们并不知道，如果真的使用细菌武器，哈尔滨将会受到多大的影响。

众所周知，日本军国主义者把中国尤其是满洲作为物质资源的基地（侵占东北之初的口号是“满蒙是日本的生命线”），他们打着“大东亚共荣圈”的旗号在东南亚发动了大规模的战争。1942 年 5 月，日本军队夺取了香港、马来半岛、菲律宾、缅甸，占领了泰国……

电影院放映了这些战争事件的纪录片。这会令人产生什么样的感觉？首先是震惊！怎么可能是这样呢？

在当时，战争就像童话里的恶龙，它需要更多的祭品。日军在所有占领的地方实施兵役制度，在满洲居住的多民族的居民也得服兵役。

日军于 20 世纪 30 年代在第二松花江站设立了疑似以部队团长命名的浅野秘密部队。它也招收俄罗斯人。很显然，日本政府没有放弃这样的想法，就是利用移民来参与可能与苏联发生的战争。在某段时间内，尽管在表面上苏日双方的官方意图是彼此相互保持中立，甚至在 1941 年 4 月双方还签署了《苏日中立条约》。浅野部队和其他 20 世纪 30 年代在“满洲国”成立的组织，都吸引俄罗斯青年加入。起初，他们在铁路沿线站岗，并与中国和朝鲜的游击队作战，接着开始从事反对苏联的秘密活动。这真是俄罗斯移民青年一代的悲剧！那时，正处在上升阶段的俄罗斯法西斯党也起到了推波助澜的坏作用（日本当局在20世纪40年代禁止了所有政治组织。“满洲国”俄罗斯侨民事务局联合了正统主义者、保皇党人和法西斯党员，狼狈为奸）。这样一来，显然更便于监视俄罗斯居民。

此后，随着全民兵役制的正式实施，所有民族的人，中国人、朝鲜人、蒙古人和俄罗斯人都得服兵役。部队用的番号是“满洲国”军队中的俄罗斯部队番号。类似的军团在横道河子也组建了。这些军团都在1945年夏天解散了。

强制兵役翻开了悲剧的另一页。逃避征兵就意味着到宪兵队的地下室去遭受酷刑侮辱。当权的军阀不容许反对征兵，不容许有任何理由逃避。在这个集团里负责为关东军招收新俄罗斯军官的纳加林（Нагален）和阔索夫（Коссов）好像很卖力气，都希望在肩章上多加几颗星。而那些在日本军队里作为普通士兵的年轻人，1945年后也在古拉格劳改集中营里付出了惨痛的代价。而并不是所有因政治局势而被迫做了俘虏的人都能活到“解冻”，并在祖国得到平反。

在亚洲，经济战争波及了所有人。“满洲国”居民的物资都是凭票供应的。所有必需品都要凭票：线、布料、原糖、盐、面包（又黑又沉，根本没有白面）等等。当然，人们还没有挨饿，但饮食很匮乏。

别了，我儿时最爱的扎祖诺夫斯基小面包和牛奶、沃隆措夫兄弟牛奶咖啡厅或是索科尔肉桂味的酸奶和酸奶油（黏稠到可以很容易地用羊皮纸包起来）！别了，冬天里好吃的中国糖葫芦、炒栗子、烤地瓜！夏天也喝不到清凉的布扎饮料，如果再配上希腊甜品师伊普西兰蒂的果仁甜点，那可真是美味啊！然而，哈尔滨很多有名的东西都消失了。

诚然，在最初的日子里，满洲的夏天和慷慨的秋天给餐桌增添了蔬菜和水果，比如中国香瓜。还有不可替代的大豆和豆制品也救了我们，或许对欧洲人来说，他们不习惯吃这种东西，但它们营养丰富。但就连这些也都慢慢地消失了。物产十分丰富的满洲被军事供应搞得资源匮乏。

城市里的日子越来越难过了。不久，当局就发出号召，要求人们在自家的菜园子种植蔬菜瓜果，最后还有一个出路，就是搬到农村去种地。当局还极力推荐到图根①去垦荒。据到过那里的人讲，那是个非常美丽的地方，但是代价也是沉重的，因为要付出城里人不习惯的辛勤劳动。应该说，很多人都响应了这个倡议，相对来说在大自然里的自由生活更具吸引力。还有另一个较大的动力促使人们选择去过乡村生活，因为对于那些有适龄入伍的年轻人的家庭来说，移居可以让孩子们暂时躲过服兵役。

那时，工作是很难找到的。尤其是1939年后，对于那些留在哈尔滨的原中东铁路苏联员工，因为铁路被卖后不招收持苏联护照的人，很多学校的孩子都被开除了。就剩下最后一个希望了，那就是到苏联驻哈尔滨的总领事馆工作。但那里的工作岗位也是非常有限的。而且，在那些年，总领事馆的工作人员自己都生活在水深火热之中。他们时刻都处于严密且毫不掩饰的监视下，总领事

①译者注：Тооген，图根（音译）为1943年新建的居民点。今松花江支流汤旺河畔的汤原县。

馆的车辆永远也甩不掉“尾巴”。有时,工作人员还在总领事馆大门口遭到政治团体的挑衅。

尽管局势紧张,各个侨民团体之间的关系还是很友善的。

那一时期,在哈尔滨的外国人大约有5000人。最大的外国侨民协会可能是波兰的。他们中许多人还是在20世纪初期就来到哈尔滨的,此后,满洲的波兰侨民一度达到3万人。

历史把我们带回到19世纪。1830年和1863年波兰起义后,很多波兰人都被发配到俄罗斯东部边陲。他们就在此定居。1898年,开始修建中东铁路时,在远东和西伯利亚出生的技术人员中有许多人都是波兰血统。

有意思的是,哈尔滨的第一位公民是原籍波兰后加入俄罗斯国籍的工程师亚·施德洛夫斯基(А.Шидловский)。另一位波兰人弗·葛瓦利斯基(В.Ковальский)是北满最富有的木材商之一。他拥有中东铁路附近6000多平方米林场,还有自己的锯木厂、木材加工厂和胶合板厂等企业,大量出口木材。

1949年,哈尔滨波兰侨民协会不复存在,约2000人被遣返回波兰,还有一部分人去了其他国家。

在哈尔滨还有德国侨民协会,当时由罗岑牧师领导。他身材魁伟,据哈尔滨人说,世俗间的爱好他都有。此后,他去了德国,战死在前线。

侨民协会的另一位领导人富特乐(Фютерер)也很有名,他在秋林公司做过一段时间的经理。大家对他都很尊重,因为他很公正,精明强干,善于克己。在祭扫日里,他会去东正教墓地扫墓。

哈尔滨的德国人生活很独立,但在体育场、剧院、音乐厅和餐厅等公共场所都能见到他们的身影。有一次（好像发生在德国法西斯侵略苏联时）在某个餐厅，一群德国人的亲法西斯观点引发了一场与俄罗斯人的冲突，尽管他们都来自当时还未得到国际承认的、处于大后方的哈尔滨。

某个喝多了的德国人开始唱“伏尔加河，伏尔加河，祖国母亲，伏尔加河，俄罗斯河”，但是他篡改了歌词。他唱的歌词大意是，“伏尔加河，据说现在已经是德国的河了”。在旁边的俄罗斯小伙，愤怒了，他热血沸腾，想用拳头还原事实真相。这个“扰乱秩序者”靠着年轻人的两条飞毛腿，躲过了冲进来的警察，而停靠在附近的俄罗斯出租车司机眨眼间就把老乡从“冲突区域”拉走了。

这些不知名的年轻人，当然，包括生活在这里的所有人，他们都在拿生命冒险，因为警察和日本宪兵队在那个年代可不会和人开玩笑的。只要进过警察厅、警察局或是哈尔滨监狱，很少有人能忘却那段经历。警察的脾气既冷酷又残暴。那时不断有人说，警察故意让人染上伤寒或其他传染病。在遭到严刑拷打后，很少有人能活下来，就更别说健康了。

下面讲述的事儿，可以看作这些人深深隐藏在内心的爱国情怀的迸发。很多人默默地做着自己的事，而且极力不表现自己。他们受着什么样的动力驱使？他们为什么能够为了那个甚至都没有见过的祖国去冒险？

关于类似的许多事儿，至今在档案中还寻不到踪迹。然而，到底有没有档案呢？在战火纷飞的年代都丢失了些什么？如果那些档案真实存在，那么它们一定躺在某个角落里，静静地等待着属于自己的研究者，穿过时空布下的重重迷雾逐渐走近真相。那么像佐尔格间谍小组成员马克斯·克劳森和他妻子安娜与哈尔滨相关的传奇故事，就会出现在某个纪实作品或现代人的口述中。还有许多类似的纪实和讲述，要么是关于在日本刑讯室失踪的甘季穆罗夫（Гантимуров）和鲁坚科（Руденко），要么就是关于兹维亚金采夫（Звягинцев）老师，或是关于其他冒着生命危险从事秘密工作的人，他们时刻都徘徊在炼狱的边缘。这炼狱只是表面上觉得很冰冷罢了。由于众所周知的原因，当时人们回避谈及这个话题，在战争之后也不再提起。而日月如梭，如今半个世纪已然过去了。

总之，俄罗斯人待过的那片中国土地上还有许多谜一样的事件，但都淹没在中国俄侨史的长河里了。在那些年里，第一次世界大战和国内战争等重大事件总是在时刻地提醒着那曾经发生的一切——偶遇的某个人，他曾经是驰骋沙场的俄国皇家军队的军官，而如今却是失去双腿的残疾人；你会听到有人无故自杀的消息；或是某人难以想象的波折的命运。

有这样一件事。1943 年夏的某一天，俄罗斯侨民事务局来了一位青年，长着一副俄罗斯人的外貌，但怎么也讲不明白他到底要干什么，因为他只说汉语。

找来翻译后，才弄明白，他叫彼得·米哈伊罗维奇，1920 年出生在靠近布拉戈维申斯克的伊万诺夫卡村。在国内战争时，父母带着一岁的他跑到了中国。父母双亡后，中国人收养了他，并把他养大，然后告诉了他的身世。

彼得·米哈伊罗维奇住在齐齐哈尔附近的农村，他被招工到哈尔滨，但不知为何，工期结束后他兜里没有任何钱。他到事务局来就是请求帮助，让他能回家。事务局的人先让他吃了顿饱饭，然后给了他一些钱就让他回家去了。此后他的命运如何就无从得知了。

俄罗斯的猎人和外出调查的民族学者经常会碰到类似的情况。在中国小孩堆里突然会出现一个不太一样的小孩，蓝眼睛，黄头发。不会错，他有俄罗斯血统。

有一天，阿尔谢尼·涅斯梅洛夫在看到这样的小孩子时写道：

他有一双蓝色的眼睛和一头金发，
从房子里走出来沐浴在温暖的阳光下，
他一句都听不懂我们所说的话，
试着与我交流，却毫无办法。
他站在我的面前，木然地端着陶土杯，
——我不过想向他要些水。
不幸的人来自中国乡村，
是移民的儿子，被苦难时刻追随。
此情此景恰似小说里令人不安的梦境一样——
是眯缝眼的女人把他收养，
正在靠近温柔的脸庞。
而她，就在哑然无声的瞬间，
突然向束缚她的命运发出了挑战，
呼唤着你的俄罗斯名字，
而你对她却一片茫然！

在那个恐怖的年代，没有任何人会知道靠近中国边境地区的俄侨到底发生了什么。疾病、贫困、饥饿、伤痛时刻都在困扰着他们,有救助,也有同情。但命运之神并不是在任何时候都会伸出他的仁慈之手,如果不是用钱币或是戒指换来的。很遗憾,他人的不幸有时候并不能打动人们内心的麻木和冷漠。

在艰难的20世纪40年代,很多人都需要帮助,那些在一战和国内战争中致残的军人尤其需要帮助。此前也提过，他们能够生存下来完全靠同胞们的善心。慈善活动是哈尔滨社会生活中不可缺少的一部分。它能拯救那些处在崩溃边缘的人,并给他们带来希望。

极端贫困的人们生活得十分艰难。尽管其他居民没有到这种程度,但也不容易。如果抛开为数不多的一小拨俄罗斯富人,大家的生活水平都很低。

很多钱(如果不是在日子好的时候盖了自己的房子)都花在了住处上——因为需要租房子。

人们大都住在砖房里,但在市郊还有很多“土坯房”和“包馅房”。这种木房是在哈尔滨建城初期和移民潮时修建的。在某种程度上，这类房屋为市民解决了住房问题，但在满洲严酷的寒冬里要格外加强供暖。

供暖燃料主要靠储存在木材库里的木材，到了20世纪40年代则更多用煤取暖。在日本占领时期取暖燃料是严格按量供应的。夏天我们用煤油炉做饭。一个描写侨民的回忆录中把它叫作“世界所有移民的神圣家园”。当燃料成为稀有物时,我们被迫换成日本的一种很方便的小炉子，烧的是干燃料，就是木炭或是碎煤粉和黏土混合制成的煤砖。

在20世纪40年代很多生活必需品都已经买不到了，哪怕是新家具。所有人都靠过去哈尔滨经济发达时购买的物品或是父母留给子女的东西生活。

当然,家居摆设取决于主人的物质条件,但都以实用为主。在这个“东方彼得堡”,在俄罗斯人的家庭里,人们还保持着自己的风格,但随着众多美国、法国和德国杂志的出现,日常生活中也加入了西方的摩登元素。

在19世纪中期,法国作家和旅行家泰奥菲尔·戈蒂耶(Theophile Gauthier)到了俄国,他注意到俄国人对室内植物的喜爱。“他们这样做,可能以此装饰漫长的冬天。”他这样猜道。如果他能在约100年前到哈尔滨的俄罗斯人家里看看,他同样能看到神奇的情景。不管房间里有多拥挤,基本上在每个家庭里都能找到枝叶茂盛的棕榈或橡皮树。而在有两层窗户的窗台上,则种着天竺葵和矮牵牛。如果外国旅游者关注俄罗斯人的现实生活习惯,他们肯定会注意到这点。这是大多数家庭的普通生活方式。

随着时间的流逝,战时的生活压力也越来越大。我很清楚地记得,连衣服和鞋子都很难买到了。可以说,基本上什么都买不到了,只能把旧衣服改头换面。在那时,全靠中国的能工巧匠们了,他们干起活来既整洁又勤劳。他们不拒绝任何工作,用非凡的技巧改制和翻新衣物,还能够用任何原材料做鞋。

在那时的严酷经济条件下,这个城市还在遵循着自己的摩登规则。在哈尔滨的大街上能听到木质厚底女鞋的声音。城市在适应——人总得活啊!

应该说,“俄罗斯哈尔滨人”第二代和第三代挤在并不宽敞的屋子里,读着十月革命前的书籍和国外的杂志,在电影院里看着国外的电影，也都曾接受过典型的俄罗斯文化教育，他们有求实精神且个个精明强干。生活本身就是一堂课。很多时候，为了生存就得奔波忙碌，尤其是在局面越来越复杂之后。

日本军队在亚洲挑起了大规模的战争。前线需要大量的战争物资。大量的物资！但是很明显，物资极其匮乏。

要应对这样的局面，当局就采取了极端措施。哈尔滨所有商店的金属百叶窗、门把手（尤其是铜质的）、铸铁和铁质的栅栏都被拆掉了。总之，一切可熔化的金属都被搜刮一空，以弥补军需的不足。工业需要白金，战争之神则强迫居民们仔细翻看自己的首饰盒。“前线需要白金！上交白金！您的白金戒指或其他首饰是为胜利做出的宝贵贡献！”公告上这样写道，“为制造飞机捐白金！”“为战争胜利买债券！”

在那段非常时期，当局还开始组织各种花样的新运动：收集铜、铁，自愿捐献电话和铝币等等。还出现了这样的公告：“打击犯罪周！每人离开家时都要带证件……”当时还实施了强制性佩戴“移民徽章”的制度（而粗心大意的俄罗斯人总是弄丢，经常在报纸上会看到类似的消息）。

战争在生活中留下的痕迹越来越明显了。每个月的 13 日和 14 日在哈尔滨火车站，火车都会拉来为“伟大的亚洲战争”阵亡的人的骨灰。那两天，人们要停止一切活动，举行特殊的仪式。在每个月 18 日的“保卫日”那天，所有居民都得穿上长裤和长袖衫，腰间要系上毛巾或其他什么东西，演练战争中要遵守的纪律和秩序。只是到底要和谁打仗啊？——我不由自主地想道。“盎格鲁-撒克逊人”还远着呢，而日本和苏联签了互不侵犯条约。

在寻找物质资源上，机灵的日本经济学者一丝不苟。他们尝试把松树根加工成汽油，用野生葡萄和丁香树叶制成药品，把压榨过的油渣加到大豆里。在那些年里，日本人已经开始用自己的方法种菜了，此后这种菜被称为水栽培菜。而一个叫渡边的医生建议在南方前线使用椰奶作为血液的替代品。松花江的螺肉是河里的财富，也被推荐用来制造含有激素、葡萄糖和维生素的药品。

我还回想起另外一件事，这要从打捞沉在辽河下游近 40 年的俄国炮舰“斯乌奇号”说起。日本人从沉船中得到了成百吨铜和铁，还有 6 个蒸汽锅炉，全部都用作了战争物资。怎能不考虑实施严格的节约制度呢？看着我们的自来水钳工在制作黄铜或有色金属物件时就这么轻易地扔到垃圾桶的东西，或是不知为何不再回收的遍地的金属废料。今天的日本是否有经济奇迹，其实不需要什么理由！如果注意到已经成为民族传统的最高层次上的那种组织性和节约性，就一目了然了。

虽然我们做了努力，但当时的报纸上还是刊登了很有说服力的文章，说军事机器已在超负荷运转云云。关于东欧前线的消息越来越少，而关于“伟大的亚洲战争”的消息却越来越多。对“盎格鲁-撒克逊人”的攻击也越来越凶狠和愤怒。日本报刊把各种能用的形容词都用上了。“罗斯福束手无策地暴怒！”“美国人卑鄙的企图”“敌人的挣扎只能引起嘲笑”“日本军队把盎格鲁-撒克逊野兽的脊椎打断”“美国人——人形动物”“把盎格鲁-撒克逊野兽的魔爪打断”——这些还只是当时报纸上的一些标题。

那时开始有了关于神风特攻队的第一批报道。“神风之子”潜入敌人的舰船，他们上天入地下海，在安装了炸弹的飞机上、在潜艇里、在鱼雷的爆炸中牺牲。

那时，城市生活受到了越来越严酷的局势的影响。当局出台了反对传播官方和公务秘密的法规，要求人们始终保持警惕。与之相配合的是开始搞“反间谍活动周”。到处都挂着标语：“大众聚集之地——间谍的活动场所，在这些场所要保持警惕！”

1944年，当局还组建了专门的反间谍摄影师协会。加入协会需要遵守以下规则：“没有加入协会的人员，将没有资格在城市内拍照，他们也不被允许接近照片资料。”在哈尔滨能有什么秘密？要反的间谍是谁？“盎格鲁-撒克逊人”吗？

某个国家机构的一个俄罗斯公职人员立刻就因为“失去警惕性”而付出了代价。据说，他好像是在休假期间放松了警惕，在哈尔滨附近的巴里木车站说走了嘴。马上就有人举报了他，他被判了刑。这在当时的报纸上有报道。

日本政府可不开玩笑。

1944年末，人们凡是收听广播，都要在许可的波段（现在已经听不到了）。有一天，人们突然收到了俄语广播，那是祖国地下广播电台开始的秘密工作。对于哈尔滨的俄罗斯人来说，他们的声音相当于来自太空的信号。因为大多数城市居民已经好多年与世隔绝，从苏联来的新闻是难以到达这里的。

我不能忘记在广播旁的那令人激动万分的几分钟。然后，我就悄悄地找个能藏在被窝里收听广播的地方。先是费·伊·夏里亚宾演唱的歌剧《萨特科》中瓦里亚基人的咏叹调，然后就响起了令人振奋的声音：“这里是祖国广播电台在播音……”

对于很多人来说，这是前方的曙光。终于能收到卫国战争前线的可靠消息了。城市内部生活发生的事件，很快就被加上了各种各样的评论开始传播。今天，哈尔滨的"高层"做出的决策，当天晚上或是第二天就成了街谈巷议的话题。有传闻说，电台就设在日占区，而且是当地人在播音。美国历史学家约翰·斯蒂芬指出，祖国电台设在西伯利亚，主要的广播对象是满洲的移民，号召他们参军①。而祖国的历史学者们，暂时还没有发表过这类的资料。

而约翰·斯蒂芬还写道，1944 年一个日本外交官在上海心情沉重地报告称，在东亚 90%的俄罗斯移民是亲苏联的。关东军总司令山田乙三给外务省发的绝密电报中承认：苏联的宣传对俄罗斯移民的头脑产生了很大的影响，其中有不满甚至是投敌分子。

这样的信息从第一手来源直接传送到了哈尔滨的俄罗斯人当中，还有苏联总领事馆也在做渗透性的宣传。哈尔滨的俄罗斯人毫不怀疑这一点——俄罗斯人必胜！而不是像当地的报纸上写的那样，认为当时的战事是德军的"重新部署"。其实，那是德军真正遭到苏联红军的猛攻后的撤退。

1945 年的春天，5 月的胜利日终于来临！战争胜利的喜悦在每个人的心里涌动，尤其是我们这些强忍住欢呼的年轻人。当时，要欢呼也得秘密进行（因为没有任何公开的庆祝），那种喜悦的心情特别强烈，就像多年期待的梦想突然间变成了现实，让人觉得不真实！

而在那些天里，我的欢乐却被悲伤所取代。正是那时，我看到了在"地下"流传的一本书《事实在控诉》，讲述了法西斯在占领苏

---

①摘自约翰·斯蒂芬（John Stephan）的《俄罗斯的法西斯党——移民中的悲剧与闹剧（1925—1945 年）》，莫斯科，1992 年，371 页。

联期间犯下的罪行，有被破坏和烧毁的村庄，有遍地的尸体，还有被吊死的卓雅……这是多么可怕啊！

但我们还是把胜利日当作了一个盛大的节日。因为我们的祖国也救了我们——哈尔滨人。如果不是在 1945 年取得胜利，那会发生什么呢？甚至是在满洲居住的最远离政治的人都开始理解那个面向所有居民的标语的含义，它是致命的："与日本同生死！"

在"神圣的战争"胜利三周年之际，时间报社组织了一场俄罗斯年轻人与日本军事使团土居将军的对话。一位俄罗斯大学生提问道：

"您能解释一下这个标语对于俄罗斯移民的真正含义吗？"

土居将军答道：

"和所有在'满洲国'居住的民族一样，俄罗斯侨民不应该认为自己是异乡人，而是应与所有人一起在生活中遵守'满洲帝国'的基本准则，包括'与日本同生死'"。

不难想象，这对那些居住在满洲的俄罗斯人是多大的威胁！他们生活在曾经的中东铁路附属地，被遗忘在一座孤零零的小岛上，在复杂的政治局势压迫下艰难地生存。

1945年及以后

这一切发生得太快了！

1945年8月发生的重大事件不可逆转地改变了成千上万身在东方的人的命运，也包括远东俄罗斯侨民的命运。8月上旬是决定太平洋战争走向的关键时刻。虽然8月6日美国人在广岛投下了原子弹，但在满洲还有近百万武器先进、战备精良的关东军。8月8日，苏联政府正式向日方宣布：苏联将忠于其同盟的义务，从8月9日起与日本处于交战状态。从8月8日晚至8月9日，所有前线的苏军从后贝加尔到符拉迪沃斯托克对盘踞在东北的日本关东军发起了全面进攻。8月10日，蒙古对日本宣战。

在两周的时间内，关东军就被消灭了。苏军是怎么做到的呢？如今，我们可以通过军事学家的研究和军官们的回忆录来加以详细地了解。根据某些军事评论的描述，苏军当时果断地实施了穿越戈壁沙漠、迅速翻过兴安岭的突袭计划，从中国北部切断了关东军与华北日军的联系。从兴安岭攻入中国境内的部分苏联军队继续前进至齐齐哈尔和哈尔滨。而在此之前，远东第一方面军的空降部队抵达哈尔滨，他们共有120人。对于哈尔滨这座城市来说，先期到来的空降兵人数不算多，但根据康·亚·梅列茨科夫（К.А.Мерецков）、亚·彼·贝罗波洛多夫（А.П.Белобородов）和德·纳金什金（Д.Нагишкин）回忆，空降兵得到了俄罗斯侨民的有力支持。

在一些回忆录中，我们都能找到更准确的信息。据康·亚·梅列茨科夫将军回忆："在位于夫斯卡雅村西南8千米的野战指挥所里，我得到了报告，扎别林中校率领的空降分队已成功降落在哈尔滨。报告说，哈尔滨的年轻人积极帮助苏军战士。在我们抵达前，青年武装保卫着通信设备和其他国家机关……原来这些俄罗斯青年解除了部分满洲国军人的武装，并肩负起了保护城市所有基础设施不被破坏的重担，直到我军抵达哈尔滨。他们接受了我们的致谢，并带着高昂的热情表示今后将继续竭尽全力地协助我们。"[1]

1945年8月，苏联对日宣战。东北解放

①康·亚·梅列茨科夫，《为人民服务》，莫斯科，1988年。

在其他的回忆录中记载着军舰沿着松花江抵达哈尔滨的情形。德·纳金什金写道:“远处蔚蓝的天空下出现了松花江铁路大桥的轮廓，舰队抵达大桥下。桥尾耸立着一座像城堡一样的4层塔楼,上面有射击孔……现在桥面上空空的,但在桁架上能看到穿着草绿色军装的武装人员。他们身上的红手绢或飘带随风飘舞,十分醒目,手臂上也绑着红丝带。人们摘下帽子向我们挥舞着,欢迎我们的舰队。这时有个人出现在桥上,双手抓住桁架,看样子是想冒险跳到水里。现在可以看清脸部了,非常清楚,那是个女孩,她金发齐肩,笑容绽放,露出洁白的牙齿。姑娘在向我们大声呼喊着什么,但我们听不清,风又把声音吹了回去……

“看着这些民兵的装束，那简直就是一幅图画。他们身穿衬衫,脚蹬高筒靴或打着绑腿,手持毛瑟步枪,肩扛机枪,斜挎着弹链,手臂上都绑着红丝带……就是他们,在爱国主义者创建的保卫哈尔滨指挥部的带领下，在苏联军队到来之前占领了一系列重要设施,使其免遭破坏和偷盗。此后,他们还引领苏联军队进入日本军营和其他重要设施。

“保卫哈尔滨指挥部还向居民发放传单，号召市民保持秩序和安定。在市区内有小分队巡逻,维护秩序。当舍拉霍夫率领的远东第二方面军的先头部队徒步进入哈尔滨时，苏联军队十分顺利地占领了战略要地及重要哨所。协助苏军警备司令部维护市区秩序等任务,暂时仍由保卫哈尔滨指挥部负责。”①

进入哈尔滨的苏联军队是如何看待这座城市的呢？或许,与

---

①德·纳金什金,文章《松花江日记》,摘自《远东的胜利》,哈巴罗夫斯克,1985年。

我交流过的所有人都有这样一致的看法吧：哈尔滨是一座富有欧洲色彩的城市，是一座极富俄罗斯特色的东方城市，在这里东西方特色奇迹般地相互交融。

而我们呢，这个城市的居民，好似在自家敞开的大门口，突然就被解放了。所有居民都不敢相信自己的眼睛，无论是中国人还是俄罗斯人。人们都拥到大街上去看苏军战士，好像童话里的奇迹一般，突然间他们就出现了。俄罗斯居民，尤其是我们这一代在异乡长大的人，心中那种特殊的感觉无以言表。士兵们身上的军用衬衫布满着汗渍与灰尘混合的污迹，脚上穿着粗糙的仿革布高筒靴，还未从最艰难的行军中恢复过来。这就是伟大胜利所展现出来的最真实的一面。他们带来了俄罗斯的气息。他们是自己人，是俄罗斯人！

但在那时，还有很多事情我们并不知道。比如，在战胜关东军之前发生了什么？苏军又是如何取胜的？而这些事我们现在就全知道了吗？

20 世纪 40 年代，虽然有 1941 年苏联与日本签署的互不侵犯条约，但局势依然很不稳定。此前曾提到，苏联驻哈尔滨总领事馆始终处于日本宪兵的严密监视之下。当时在哈尔滨有 1700 名苏联公民，他们当中的大部分都住在总领事馆的管辖区域外。在满洲居住的无国籍俄罗斯人也处于紧张的状态中。

在哈尔滨的那些复杂多变的小圈子里，有着一条并非笔直的界线。它不是按照各阶层里的人是否是苏联公民来划分的，而是根据不被察觉的民族自觉、爱国情操和爱国主义来划分的。

20 世纪三四十年代在满洲生活的人随时随地都面临着生命危

险。我们对此知之甚少啊！而保卫哈尔滨指挥部的俄罗斯人在那个存在着多重政权的时期，即从8月16日开始直到部分苏联军队进入城市，军事司令部开始全面掌控局势为止，保护了城市居民，使他们免受掠夺、偷盗和各类秘密政治屠杀之害。此外，还有更多的威胁来自日本极端军国主义分子、国民党特务和那些在战乱中趁火打劫的人。

保卫哈尔滨指挥部的所有行动都由瓦·德·潘诺夫[①]（В.Д. Панов）领导，他是哈尔滨人，苏联公民，汽车机械师。苏联总领事馆负责监督此项工作的是尼·弗·德洛仁（Н.В.Дрожжин）。

在他的家人的帮助下，我了解到在瓦·德·潘诺夫的个人档案里还保留着相关的材料和回忆录。在那些材料里有曾做过苏联总领事馆翻译的戈·戈·别尔米亚科夫所做证词的引文。根据这些资料，我掌握了苏联驻哈尔滨总领事馆在那段特殊时期的所有具体活动的记录和数字。

事态究竟是如何发展的呢？

8月9日下午，日本当局开始在哈尔滨和满洲其他地方逮捕苏联公民，一起被逮捕的还有一些“无国籍的”、非苏联公民的俄罗斯人，理由是怀疑他们参与了反日活动。总领事馆所有工作人员及其家属都被赶上了开往南线的火车。还有100多俄罗斯人被关押在哥萨克街（现哈尔滨市道里区高谊街）上的苏联学校里，苏

---

①瓦·德·潘诺夫，1907年生于中东铁路西线海拉尔市的一个从斯塔夫罗波尔省移民而来的农民家庭。他青少年时期就开始在汽车维修厂工作，长大后开始组织三河地区和内蒙古的汽车货物运输。他积极参与了苏联满洲里领事馆下属的苏联外兴安岭同乡会的工作。1939年，他随家人迁到哈尔滨后立刻加入了苏联公民协会青年部，并成为其中的一位领导。在得到高等汽车机械师职称后，他开始从事汽车修理工作。日本政府因为他所从事的苏联公民社会活动，对他进行了惩罚。

联军队的迅速突进才使这些人幸免于难。

8月15日的白天，日本电台广播了裕仁天皇向其人民颁布的投降诏书。当晚，所有被关押的人都被释放了。但部分关东军好像没有得到具体的命令，仍在继续战斗。军人们不接受投降，继续搞破坏行动。

当时，市区里的警察已无法发挥应有的作用，几乎处于涣散状态。居民中的一些中国人和朝鲜人趁机掠夺和作乱，其中也包括国民党特务。他们对城市居民，也包括日本居民，形成了现实而可怕的威胁。

当时还开始出现自发偷盗"满洲国"军火库、破坏工业设施和杀害工人等乱象。

在这种情况下，俄罗斯人决定组建武装小分队，隶属于保卫哈尔滨指挥部。武装小组核心人员由苏联公民协会青年部的成员组成，他们中还有一些年长的苏联籍哈尔滨人。但战斗小组主要由俄罗斯大学生和哈尔滨俄侨各阶层的青年人组成。根据瓦·德·潘诺夫的资料记载，在对俄罗斯居民做了解释后，他们大多数人都加入了保卫哈尔滨指挥部，其中包括俄国侨民事务局的工作人员和此前被日本人败坏了名声的满洲部队俄罗斯小分队的成员，这些军人曾在第二松花江站和横道河子站服役。

保卫哈尔滨指挥部的小分队搜查了关东军和"满洲国"驻哈尔滨部队的兵营、警察局和宪兵队，从没收品中得到了他们所需的武器和汽车等。

保卫哈尔滨指挥部在第一时间释放了被关押在日本军事机构和宪兵队内部监狱的俄罗斯、中国和朝鲜的政治犯。在身体条件允许的情况下(许多人都被严刑拷打),他们也加入到战斗小组里。

哈尔滨的医生们也给指挥部提供了大量的救助,分别在11个地点设立了医疗救护站,拯救了很多人的生命。为保障小分队的正常运转,保卫哈尔滨指挥部女子部迅速为参加活动的人准备了昼夜餐食,有些时候每天发放的饭食多达5000份。

在那段时间究竟有多少人参加了活动?根据瓦·德·潘诺夫的资料记载,战斗小组成员最多时达2500人。这些人迅速行动起来,保护了市区内的重要设施,包括对苏军向哈尔滨进攻来说具有重要战略意义的松花江大桥、铁路管理局、火车站、电报局和电话交换台等市区内所有重要场所。

对关东军后勤仓库的保护具有重大意义,这避免了物资和武器遭到偷盗。松花江上的6艘炮艇和约30艘轮船也得到了有效保护,很快就完整地转交给了阿穆尔州舰队。

城市的文化珍品也被保护起来。保卫哈尔滨指挥部的战士们轮流在博物馆、图书馆、画廊和学校站岗值班。

在那些动荡的日子里,小分队的成员们时刻都在战斗,不分昼夜地坚守岗位。指挥部设在哥萨克街上的苏联学校里。他们中的一部分人以商务俱乐部为据点,另一部分则集中在北满大学的校舍里。

故乡熟悉的街道卷入了战争的旋涡,一下子就变成了前线和后方。许多当事者都向我讲述了这不平凡的几周时间,讲述了那时候一些勇敢的青年人身上所发生的各种故事的片段,比如弗·斯塔利科夫(В.Стариков)、安·波波夫-普列斯诺夫(А.Попов-Преснов)、叶·帕奇奥尔(Е.Пациор)、彼·费阿尔科夫斯基(П.

Фиалковский）和谢·阿尔奇舍夫斯基（С.Арцишевкий）等都是难忘岁月的亲历者。他们讲到了棒小伙维克多·巴纳马连科（Виктор Пономаренко）是如何牺牲的，他如何抢救位于教堂广场博物馆的藏品，又如何在哈尔滨火车站的站台上从日本战俘手中接收武器……

当时谢·阿尔奇舍夫斯基是大学生组的领导，他讲述了这样一个情节。这些从未闻过弹药味的哈尔滨小伙不得不面对面地与日本亡命徒做斗争。“大约在第一批苏军空降兵进入哈尔滨的5天前，我们被指派去保卫关东军第4军区司令部。司令部的院子一侧是日本神社。另一侧是储备大量军需、保暖军服和骑兵装备的仓库。我们到达那里时，仓库的大门敞开着，有一群中国兵在犹豫着是否攫取仓库里的东西。而我们的任务就是保护这些财产，然后完整地转交给苏联军队。还有一次，那是一次有惊无险的经历。我们设在关东军司令部的那个临时指挥部与那个日本神社只是一墙之隔。有一天，我们发现对面的神社里好像有什么动静。当我们透过栅栏望过去时，一下子就被那个场面惊呆了。几百名日本亡命徒头上戴着白丝带正在那里默默地祈祷，而栅栏上则架着机枪。几个小时我们都不敢动一下。日本人构筑了街垒，随时准备着进攻。想想看，若真的打起来，我们这么一小群年轻的平民百姓能抵抗什么呢？……但这个危险很快就解除了，什么都没发生。当我们再往对面看时，那里已经空无一人了……”

毫无疑问，日军亡命徒带来了很大的威胁。据苏军军官回忆，部分苏军沿着满洲铁路行军时曾与他们遭遇。他们也会隐蔽在无人居住的空房子里伺机偷袭。保卫哈尔滨指挥部的战士们同苏军战士一起用了很长的时间，终于在市区消除了他们的危害（保卫哈尔滨指挥部的活动时间是从 1945 年 8 月至 12 月)。

在与恐怖分子和投机分子的复杂斗争中,保卫哈尔滨指挥部提供了很多帮助。那些破坏分子混在哈尔滨大街上的人群中,伪装成慰劳苏军的中国百姓伺机破坏。为此,保卫哈尔滨指挥部的工作得到了苏军代表的高度评价。苏联元帅康·亚·梅列茨科夫和亚·米·瓦西列夫斯基在他们的回忆录中都有这方面的记载。1986 年,苏联政府又给一些哈尔滨小分队的成员颁发了奖章。

当年参与保卫哈尔滨的人,现在很多都已经去世了,包括指挥作战的尼·弗·德洛仁和瓦·德·潘诺夫。而据我所知并没有详细记录保卫哈尔滨指挥部活动的文章发表过。他们中有的人在枪战中牺牲了。他们是谁?他们甚至连坟墓都没有保存下来。像此前提到的,在"文化大革命"时期,除苏军烈士墓以外,所有俄罗斯墓地都从地面上消失了……

1945 年 9 月 2 日,日本人在美国"密苏里号"战列舰上签署了投降书。那天,哈尔滨的教堂广场上举行了上千人的集会,有中国人、朝鲜人、俄罗斯人等在哈尔滨的所有国家的人。据预备役团长亚·戈利申科回忆:"苏军远东方面军总指挥、苏联元帅亚·米·瓦西列夫斯基,远东第一方面军总指挥、苏联元帅康·亚·梅列茨科夫和其他军官于清晨降落在哈尔滨。下飞机后,他们首先去了存放着战利品的赛马场。那里有缴获的坦克、武器和汽车……"

第二天,大家得知苏联最高统帅决定为庆祝战胜日本举行阅兵式。军人们不分昼夜地整理军事装备,哈尔滨的居民们则装饰房子的外墙和街道,悬挂苏联和中国国旗,准备节日宣传画和标语牌。而市里所有的裁缝都在连夜为参加阅兵的军人赶制新军装。

阅兵式当天是个秋高气爽的日子，远东秋天里的这种天气是很有名的。观看阅兵式的人都记得每一个细节。阅兵式虽说就是个仪式，但在当时的情况下，它是哈尔滨和整个满洲历史的转折点。音乐和触动心灵的歌声一直播放到很晚。听着由军乐团演奏的音乐和歌曲，哈尔滨人，尤其是上了年纪的老人，忍不住流下了激动的泪水。

但是令人遗憾的是，在那些天里不仅有喜悦的泪水，还有突如其来的灾难，很多家庭都遭遇到了这个灾难。俄国侨民事务局的政治领袖、在军事使团工作并与日本政府有特殊合作关系的俄罗斯人都被逮捕了。还有无数远离政治的人也遭到了逮捕，被发配到遥远地方关在集中营里。“大清洗”也波及了艺术家、知识分子、文学家和记者，以及在“满洲国”军队服过兵役的年轻人。在后来的“解冻期”，他们都得到了平反，但并不是所有人都能在经历了“大清洗”后活到今天。

日本居民又怎么样了呢？他们是如何接受日本战败的事实的呢？也许我们当时没太留心这个问题，我们完全沉浸在刚刚降临的变故中。我们的日本邻居则选择回避这个问题。他们的内心世界始终是个谜。表面上看，日本居民都很平静，是那种东方人的镇静，似乎是令人难以揣摩地接受了这一命运。他们事先就做好了从满洲撤离的准备。他们都知道信号声一响起，就要到指定地点集合，每人只能携带少量的随身物品。

我们的日本邻居高木提前来向我们告别，并按照日本礼仪齐腰鞠躬。从他的告别言谈里，我们能感觉到那是一种听天由命的态度，但表现出的却是不卑不亢。我记得那天早上他们还都在家，然后就悄然无声地消失了。起初，大家都没有注意，后来看到他们家的房门敞开着，已是人去屋空。出于本能的反应，我走进他们家的院子。屋子里只有铺在地上的榻榻米和一些器皿。院子里放在门口的火钵还是热的，看来女主人点着了火想要做饭，只是没来得及，大米还在铁锅里熬啊，熬啊……火焰渐渐熄灭了……

日本居民就这样从满洲撤走了。后来听说他们当中的很多人都没能回到祖国。很多人在路上成为强盗抢劫的目标，丢掉了所有的东西。他们都成了自己国家的政治牺牲品。

“731 部队”的秘密被公开，就更能在政治上证明日本人发动战争的罪恶行径了。像炸弹延迟爆炸的情形一样，尽管 1945 年就有了关于日本人研发生物武器并用人体做残忍至极的实验的消息，但真相被彻底揭穿还是在多年之后。

日本作家森村诚一[1]在 1981 年出版了《恶魔的饱食——日本 731 细菌战部队揭秘》一书，描写了这个部队的罪行。读着它令人心情沉重。

香港导演牟敦芾拍摄了一部描写这段悲惨历史的影片。影片的拍摄地就是日本侵略满洲时设在哈尔滨附近的日本细菌战部队研究所原址，当时它被称作“加茂”部队。那里是军事禁区，是用沟壕和电网围起的一块不大的地方。在极其保密的情况下，日本人用人体做惨绝人寰的实验。在细菌武器实验的牺牲者中有各个年龄段的人，他们来自不同的国家和民族，有妇女，还有儿童。那里

① 译者注：森村诚一（1933.1.2—），日本小说家。代表作有《大城市》《分水岭》《人性的证明》等。1981 年，其创作长篇纪实小说《恶魔的饱食——日本 731 细菌战部队揭秘》，揭露了日本军国主义者在侵华战争中所犯下的滔天罪行。

还关押了中国、俄罗斯、美国和澳大利亚的战俘。这个魔鬼“厨房”里培养了鼠疫、霍乱、伤寒和其他危险疾病的病原体。很难想象，如果这个魔鬼“厨房”最终不被消灭掉，将会造成什么样的灾难性后果。

随着苏军日益迫近的步伐，日本军队采取各种行动销毁罪证，但他们没有完全得逞。1946 年，哈巴罗夫斯克的军事法庭对日本战犯进行了审判。法庭证实有一组医生用人类活体进行了细菌武器的实验。随着时间的推移，人们渐渐开始忘记这惨痛的一页。然而，许多年后这本森村诚一根据此前未知的资料写成的书描写了一些新发现的令人惊心动魄的事实。这再一次让全世界善良的人们感到震惊和战栗。

众所周知，哈巴罗夫斯克军事法庭也审判了与日本人合作的远东俄罗斯侨民头目谢苗诺夫、罗扎耶夫斯基、巴克舍耶夫等人，他们都得到了应有的惩罚。

中华人民共和国成立前的 1945 年，当地的政治和经济状况还都相当艰难。此前，满洲的经济、交通和通信完全由日本人掌控，中国自己的专业人才很少，高级专家就更没有了。因此，最初的那段时间，满洲的经济生活由苏军行政机关负责。

数万名持有苏联护照的俄罗斯专家熟悉和了解当地情况，投身到了社会和商贸活动中。[①]

1945 年 12 月，哈尔滨工业大学得以恢复，这是件大事，此前已提到过。同时，前文还指出了秋林公司对促进战后中国东北经

---

① 1945 年 11 月，苏联最高苏维埃主席发布“关于恢复旅居在满洲的俄国人苏联国籍”的命令。

济的恢复和发展发挥了作用。

在那个年代，秋林公司在“俄侨的哈尔滨”不仅是个商业企业，它在战后为提高这座城市的俄罗斯居民的文化生活水平也做出了自己的贡献。公司修建了全新的秋林俱乐部，很快就成为哈尔滨大型文化活动中心之一。在这里的舞台上演出的不仅是话剧、歌剧，还有受欢迎的秋林乐团的演出。和其他城市一样，秋林俱乐部也放映苏联电影。

对于俄罗斯年轻人来说，来自祖国的电影成为他们选择生活道路的强大精神力量的发动机。祖国大地在召唤！

怀着这样的心情，当时还是年轻诗人的尼古拉·沃赫金[①]在当地发表了自己的诗歌。诗中写道：

当你把整个身心奉献，
那令人神往的梦想多么庄严。
当你知道自己唯一现实的路，
在这里寻觅不见，
这样的生活就是那可怕的梦魇！

当不安和晕懵的梦境
从放映窗口飞向银幕，
满怀对未来的信心，
扑面而来的是你的祖国广阔无垠。

---

① 尼古拉·斯捷潘诺维奇·沃赫金（Николай Степанович Вохтин），1924 年出生于满洲。20 世纪 40 年代初期开始从事文学创作。1954 年返回苏联，1980 年在塔什干去世。

当你知道是那里，正是那里，
我们伴着时代的步伐疾驰。
那里的冰雪已消融，
那里有宽广的土地，
那里的河水川流不止，
你的笑便洋溢着春的气息。

在那个年代，哈尔滨的所有年轻人都表现出了非凡的参与社会活动的积极性，也许这是因为此前不能尽情发挥且不断积累而迸发的强大精神力量吧。

成千上万获得苏联护照的人都在为拿到签证而努力，好前往苏联的任何一座城市。人们在没有得到官方的任何住房通知和生活保障的情况下就提出申请(噢，多么天真啊！)。总领事馆礼貌地接受了这些申请，但没有做出任何承诺。说真的，总领事馆也试图向这些热衷者做解释，告诉他们没有地方安顿这么多人，祖国刚从战争的破坏中走出来，还没有能力解决住房。但这些话并不能说服他们。在此后的八九年时间里，盼望着返回祖国的人们被苦恼和焦急折磨着。当然，所有人后来都明白了。当签证问题一下子解决了，来到了朝思暮想的苏联并目睹了那里的一切，他们才最终确信了总领事馆当初的解释。

在百废待兴的中国，暂时所有人都得靠自己的能力和知识寻找生活出路。那时开始有了俄语培训班。中国的高校也开始开设俄语课程，甚至在一些大城市中出现了专门教授俄语的学校，其中就包括哈尔滨的俄语学院。许多人开始从事外语教学工作，担任俄语教师。像其他行业一样，开始有苏联专家到这里帮助组织和管理教学工作。

城市里俄罗斯居民组织的各类社会活动有了新的特征，还出现了像苏联公民协会和苏联青年联盟这样的社会机构。

各区的青年俱乐部在城市开展活动，这是新的社会生活所燃起的燎原星火。它们是如何开展工作的呢？我们可以从当时的《俄语报》和1945年以后发行的《苏联青年》杂志中了解到。此外，我们还可以从当时很流行的自发印制的简报和手抄杂志上了解到。

由新市区青年部发行的《红帆船》杂志就是其中之一。它的组织者兼撰稿人是叶莲娜·尼阔巴泽 。

我们相信，那必是黎明乍起的晨风，
鼓起红色的帆篷。
同志，为了寻求光明，
让我们勇敢地在碧波上破浪前行。

当年她的诗有着年轻人的率真。在这条“飘向远方寻找幻影的船”上，还有一些那时还很年轻的文学家和画家，拉·克拉夫琴科、尼·沃赫金和斯捷潘诺夫等。无数年轻的侨民在《红帆船》的引领下带着返回祖国的梦想努力前行，甚至临时去需要专业人才的大连、沈阳等中国其他大城市工作和生活。所有人都被这股热潮俘虏了，他们参加青年联盟，在集会上热烈地讨论，出墙报，读《青年近卫军》《钢铁是怎样炼成的》，目不转睛地看《等着我》或《侦察员的功勋》等电影。

1945 年选举的苏联青年协会第一届委员会对哈尔滨的社会生活产生了影响。时任主席是亚·戈沃鲁克(А.Говорук),此后他又担任了苏联公民协会的主席。这位精力充沛、身材瘦小的年轻人无人不知，到处都是他的身影，他到处都能靠着自身的威望把所有事情办得妥妥当当。苏联青年协会是按照苏联列宁共产主义青年团的组织思想、原则和条例成立的。它根据共青团的传统工作方针组织活动，通过大众文化和儿童等部门加以实施。委员会下设少年积极分子团体——儿童联盟，这也是按照少先队的组织方针建立的。

需要指出的是，不同民族的男女青年都参加了苏联青年协会,包括俄罗斯人、亚美尼亚人、鞑靼人、格鲁吉亚人等。

根据弗·彼得罗夫、弗·别列列申等侨民作家的回忆录可以确定,1945 年以后的“俄侨的哈尔滨”已不复存在了。如果这里所指的是侨民的政治生活领域,那可能是对的。实际上,哈尔滨俄侨的社会和文化生活还持续了 10 年至 15 年。此后,在 20 世纪 50 年代中期差不多全体侨民都撤走了以后，这种独特的俄侨生活才在这里衰退下去。

俄罗斯学校还在正常上课。哈尔滨工业大学和哈尔滨基督教青年会学校复课。补充了年轻音乐人才的交响乐团还在演出。正如此前提到的那样，在原有音乐学校基础上开设的苏联音乐学校开始授课。此外,人们还组建了新的话剧团体,例如:舞台艺术工作者团体,它由天才的青年导演尤·列·霍罗什领导。他导演的剧目在当年十分受欢迎。主要剧目是苏联剧作家或由苏联作家的作品改编来的剧本，比如：亚·法捷耶夫的《青年近卫军》、康·西蒙诺夫的《俄罗斯人》、列·列昂诺夫的《侵略》。人们还爱看弗·卡塔耶夫的话剧《蓝围巾》、亚·阿尔布佐夫的《探戈》等。该团体共在哈尔滨演出了 50 余部作品。

后来，霍罗什和剧团的演员们在 20 世纪 50 年代回到了祖国。很多人都成了专业演员，例如：亚·果尔顿、叶·阿布拉莫夫。而霍罗什本人一直当导演，最后几年在彼得罗扎沃茨克电视台工作。卡累利阿共和国授予他“功勋文化工作者”称号，在整个艺术生涯他共编导了 30 多部话剧。

弗·伊·托姆斯基的专业话剧团也更新了剧目。但据德沃尔日茨卡娅（斯维特兰诺娃）的回忆，“苏联人的形象演得并不太成功”。这位功绩卓越的老导演并不能适应新生活的节奏，他的身体健康也不允许了。他受到了年轻社会活动者的猛烈批评和攻击。（有一天我自己也成了他的批评者。其实我们应该向他致谢，感谢他凭借自己的专长让我们在年轻时有机会接触到美好而灿烂的文化遗产！）

托姆斯基话剧团的演员们大多数都回到了祖国，他们在西伯利亚的剧院里演出了很多年。伊尔库茨克的观众们对弗·潘诺夫很熟悉。弗·伊·托姆斯基本人没有回祖国，他去了澳大利亚，不久就去世了。

回到 20 世纪四五十年代，在哈尔滨的文化生活方面，应该说，中东铁路下属的铁路俱乐部保持着自己的光荣传统。那里组建的乐团成为城市里最棒的艺术团体。俱乐部里有话剧团、合唱团、交响乐团和舞蹈团。在 20 世纪四五十年代担任艺术指导的不仅有哈尔滨的俄侨，还有此前提到过的来自苏联的列·阔洛特涅夫和奥·切别尔等。

体育生活在战后也步入了正轨。夏天，年轻人像以往一样奔向松花江，也像以往一样喜爱帆船运动。男女青年们在体育场上打排球和乒乓球。足球也得到大力推广，尤其是1946年在原来神社的位置修了带跑道的体育场（过去足球运动员没有固定的训练场地）后。一如从前，滑冰和冰球运动很受欢迎，当时的冰球队有四个甲级队和几个乙级队。

此时，在拥有几亿人口的中国大地上发生了一件极其重要而伟大的事：中华人民共和国成立了。

1952年，苏联将铁路管理权移交给中国政府。很快，“中国的俄罗斯文化”之岛的最后一页就翻过去了。长年居住在中国的俄罗斯人开始离开哈尔滨。其实人们早在二战结束后就开始“离散”。很大一批翻译人员到远东工作；1949年，波兰人和德国人离开哈尔滨；还有人拿到单独去苏联的签证。但最主要的“离散”还是发生在20世纪50年代，那时，有成千上万的俄罗斯人表现出了回国垦荒的愿望。还有很大一批人奔向了外国，主要目的地是澳大利亚、美国和以色列。

那时，历史的一页才真正地翻了过去，“俄侨的哈尔滨”已一去不复返。不过，在俄罗斯和许多国家，人们依然常常回忆起它。成千上万从俄罗斯来到这里而今却散居在世界各地的人都认为哈尔滨是他们的故乡，也包括他们的子孙后代。我们还会回到这个奇妙的话题的！

远方的桥

尽管哈尔滨的俄罗斯侨民小心翼翼地保存着祖国的文化传统，但随着时间的推移，丰富多彩的东方习俗还是在某种程度上融入了他们的日常生活。身边中国人的生活里同样充满喧嚣、欢笑和痛苦，俄罗斯侨民通常不需要多么精通他们的语言，就能感知到发生的一切,这本书里已经多次提到了。

与居住在这个地区的中国人,以及其他东方民族的人的半个世纪的交往，不可能不反映在远东俄罗斯侨民的科技和文化活动中。许多俄罗斯东方学者、经济学者、生物学者和考古学者都在自己的专业领域致力于研究满洲和东方文化。画家和文学家也同样热衷于此。

在那个遥远的年代，尼·阿·巴依科夫[1]就来到满洲工作。他是最早一批在俄罗斯受到欢迎的自然主义作家、地方志学家当中的一个。他从小就爱好充满浪漫的旅游，并对大自然充满了热情。在满洲，他找到了发展事业的广阔天地，并成为当年唯一一位歌颂满洲的自然主义作家。

巴依科夫说，从最初那一刻开始，他就被满洲大自然的原始世界所震撼并深深地迷住了。“特别而神奇的世界，处处充满奇迹和魔力，令人心醉”，它的动植物世界，留存在原始森林里的原住民的生活习惯、风俗迷信、神话传说，所有这些 19 世纪发生在林海中的自然而浪漫的事物都被他写入自己的书中。在尼·阿·巴依科夫的作品中能见到各色各样的人物。这里有满洲猎户、采参人、林间隐士；还有俄罗斯猎人、外阿穆尔边区护卫队的巡逻兵、哥萨克士兵和中东铁路附属地的铁路工人，甚至还能碰到老虎、猞猁和马鹿！

早在 1914 年，圣彼得堡就出版了巴依科夫的首部大作——厚厚的一本《满洲密林》。后来，在担任中东铁路沿线林业开采地检查员和在哈尔滨满洲研究会（即东省文物研究会）附属博物馆工作时，他还继续研究当地的动植物、人文传统和狩猎业。他把自己的所见所闻发表在协会的科研刊物和当地的报纸上，还编辑成了中长篇小说集单独发行。其中较有名的有：《大王》（1936 年，1938 年）、《浪迹天涯》（1937 年）、《原始森林的响声》（1938 年）、《母老虎》

①尼古拉·阿波洛诺维奇·巴依科夫（1872—1958）生于基辅，毕业于梯弗里斯军事工程学校。1902 年转入外阿穆尔军区，曾参加日俄战争。此后，继续留在满洲，研究边区的大自然。此后，他从新西伯利亚去了埃及、印度、印度支那。1922 年，他又回到了满洲继续工作，1956 年离开哈尔滨去了澳大利亚。

(1940 年)、《满洲猎人日记》(1941 年)、《树海》(1942 年)等。他的许多作品都被译成了英文、日文等。[1]他的作品深受俄侨读者的欢迎。他善于研究和描写当时鲜为人知的森林栖息者的世界，讲述当地的传说和中国人的日常生活。在他的书中无处不在的是未开发的满洲大自然,然而它已经消失在当今工业大发展的时代洪流里。

中东铁路管理局全力支持满洲各领域的科学研究。中东铁路管理局在哈尔滨成立后,很快就组建了俄罗斯东方学者协会。协会自1909 年起,在差不多 10 年的时间里定期出版《亚洲消息》,刊登表现协会性质的科技文章。他们制定的研究目标超出了单纯对满洲的研究,涵盖了"东亚社会政治、文化、经济、语言和法律领域,通过交流来促进俄罗斯与亚洲人民的联系,是他们共同关心的课题"。

协会的理事原则上应由接受过专业的东方学教育并取得科研成果的学者担任,但实际上协会吸纳了所有想入会的人。

在俄罗斯的图书馆里收藏着《亚洲消息》杂志。有一期 1914 年的《亚洲消息》对协会工作做了总结。文章说,为纪念尼·米·普热瓦利斯基[2](Н.М.Пржевальский)逝世 25 周年,协会组织了系列讲座,包括尼·彼·马措金(Н.П.Мацокин)所做的《远东家庭历史社会学和东方学》《现代日本》《论中国神话》,彼·尼·缅什科夫的《中国大豆在外贸市场的商业意义》《乌苏里边区经济概述》等学术报告，还完成了一系列有关亚洲地方志和经济的有影响力的简论及学术研究。

---

①1968 年,弗·尼·热尔纳科夫编写的墨尔本大学俄语系出版的巴依科夫生平传记中记载,拜科夫共发表了 300 多部作品。

②译者注:尼·米·普热瓦利斯基(1839.3.31—1888.10.20)是俄国著名旅行家、自然主义学家。曾对中亚进行数次勘查,包括中国的昆仑山脉、黄河源头等地。

1912年，满洲农业协会成立了，主要研究农业领域的现状和前景，并出版了《北满农业》期刊。这一地区的科研力量就这样组织起来了。此后，所有的地方志机构和其他协会合并起来，成立了统一的满洲研究会。①

1923年，为纪念中东铁路建设25周年，人们在筹备举办大型纪念展览会期间，产生了有必要成立这个协会的想法。很多展位上都展出了该地区的农产品和重建的加工企业的商品。在筹备展览期间，由政府和中东铁路管理局代表组成的组委会得出了有必要设立博物馆和科研协会的结论，目的是研究当地的原料资源和经济发展前景。这样就产生了满洲研究会，它为满洲各领域的研究工作走向深入发挥了巨大的推动作用。

俄罗斯东方学者协会和满洲农业协会完全合并到了满洲研究会。它起初分设自然、地理、民族志、商务、工业、艺术和出版分部。此后，又补充了地区文化发展、医疗卫生兽医、养马育马和教育旅游分部，在第二年又开设了社会学分部。

植物实验园与满洲研究会密切合作，开展了多项科学和实验工作。它拥有培育地区植物群系的土地，按照地方植物分类学的方法种植和培育植物；有小块饲料示范田，这里有野生和人工栽培的饲料植物；有大田和菜园作物的实验苗圃，栽培农作物及果蔬。协会还有育种实验田，培育那些收成好、有前途的农作物种子。此外，还设有松花江生物站。

满洲研究会的工作有多名重要学者和整个满洲知识界的代表

---

①亚·伊·巴拉诺夫曾在悉尼发行的《工大人》杂志1989年第12期上撰文，尝试概括满洲的俄罗斯地方志学者所取得的成果

参与，他们是：教授艾·艾·阿涅尔特（Э.Э. Анерт），土壤学家季·彼·戈尔杰耶夫（Т.П.Гордеев），植物学家弗·弗·斯克沃尔措夫（В.В.Скворцов），考古学家弗·瓦·波诺索夫（В.В. Поносов），气象学家亚·德·沃耶伊科夫（А. Д.Воейков），汉学家彼·弗·什库尔金，亚·彼·希奥宁（ А.П.Хионин），伊·加·巴拉诺夫。中东铁路从事科研的东方学家和经济学家亚·彼·博洛班（А.П. Болобан）、彼·尼·梅尼西科夫（П.Н. Меньшиков）、亚·伊·奇尔科夫（А.И. Чиркова）、彼·尼·斯莫利尼科夫（П.Н.Смольников）、叶·叶·亚什诺夫（Е.Е. Яшнов）和戈·戈·阿韦纳里乌斯（ Г. Г. Авенариус）等人也与研究会的工作息息相关。

中东铁路管理局向研究会和博物馆提供了全方位的物质支持，整合了相关的研究机构，提升了科学研究水平，获得了积极的成果。

在中东铁路印刷厂的基础上，满洲研究会开始积极发展出版业。在 1928 年被中国政府关闭前，其共发行了 90 多种出版物，其中包括：《满洲研究会通报》《满洲研究会著作》《经济概览》《满洲日报》，还有科普期刊和学报等。显然，很多著作到现在还有价值，因为直到今天还有很多现代研究者摘录其中的内容。

教堂广场上的莫斯科商场中间部分被划给了博物馆。1923 年 9 月正式开馆。其中二楼的整个一层都用作展厅，在这里展示全满洲的自然情况、经济发展路径、考古、历史和民族志。展示的产品样品都有明确的标注，包括生产厂家等信息，还有图表、矿产储藏量、林业和其他原料资源及分布图等。通过这些资料可以判断出地区的发展前景。

用于展示满洲大自然的展厅面积很大，分门别类地展示了鸟类、爬行和两栖动物的标本。其中大部分标本都由哈尔滨著名的动物标本制作师米·亚·费尔索夫（М.А.Фирсов）制作。

民族志展厅是最吸引人的。其中一个展位是“在帐篷里用餐的蒙古家庭”，我至今还记忆犹新。这个展位是由亚·尼·古利亚诺夫制作的。展位上真人大小的人物和实际尺寸的生活用具都真实地再现了游牧民族的生活场景。但同样具有鲜明特色的萨满巫师和满洲人却没能像蒙古人那样给人留下特别深刻的印象，可能是制作者并没有布置出真实的环境吧。

在博物馆的地下室里有标本制作室及照片冲洗室和馆藏丰富的图书馆、工作间和辅助场所。丰富的馆藏也保存在这里。

哈尔滨人对这座博物馆情有独钟！它是这个富饶地区的一部鲜活的百科全书，向人们讲述中国人包括满洲人的文化历史，以及俄罗斯侨民不太了解的事物。博物馆开展了许多教育和研究工作，经常组织包括学生们参加的各类参观。每年开春，馆内的科研人员都会出去考察，并带回新的展品。

满洲研究会存在期间，也许就是满洲在整个“俄侨的哈尔滨”期间科学研究的鼎盛时期。但这里的总体政治局势还是影响到了研究会。随着1928年中苏关系紧张，满洲研究会正式关闭了。但它很快找到了出路，在基督教青年会中学成立了自然科学和地理学俱乐部，吸引了大批青年人加入。

这里还需要提及另一个哈尔滨地方志组织，它以俄国著名旅行家尼·米·普热瓦利斯基命名。1929年，哈尔滨博物馆的一批热爱大自然的青年职工组成了研究小组，此后又发展成为研究机构，它的核心人物是考古学者和民族志学者弗·瓦·波诺索夫。我认识很多从这个小组走出来的真诚热爱大自然的研究者。

学者、历史学博士弗·谢·斯塔利科夫（B.C.Стариков）年轻时就参与地方志的研究，这也决定了他今后的职业。他在独立勘察时，在亚布力站附近发现了原始人遗址，并对冲河河谷周边人类生活环境做了考古研究，并完成了多项其他工作。这些已隶属民族志研究范畴的成果，日后成为他在苏联发表一系列关于中国人物质文化和解读契丹铭文等文章的重要依据。

未来的植物学家亚·伊·巴拉诺夫，也是研究小组的成员。他的父亲是哈尔滨的著名汉学家伊·加·巴拉诺夫，他在中国做了多年的科研工作，此后又去了美国，在哈佛大学植物标本室从事科研工作，并取得了自然科学学士学位，出版了植物学领域的若干著作，并发表了数十篇文章。

在哈尔滨从事地方志工作的年轻人除了要具备科研能力外，还得对大自然和生灵充满热爱，野外的科学考察活动增强了他们对极端环境的适应能力。那些年里，在森林深处随时都能遇到野兽，有时还会碰到红胡子。[①]

在20世纪三四十年代哈尔滨的报刊上，总能找到很多关于考察和勘测的文章及描述，还有年轻的自然和中国物质文化研究者的小发现。当地的地方志学者总有新发现：列·雅科夫列夫（Л.Яковлев）曾提到发现的古寺庙遗址，引发学者争议的神秘鸟类，

①劫持人质等匪帮的恶行时有发生，许多年里，这在哈尔滨确实是事实。在日本政权占领时期，当局曾烧毁了怀疑与红胡子勾结的整个村庄，公开处死罪犯。这在某种程度上减少了匪徒的数量。

弗·斯洛博奇科夫也记录了发现的稀有昆虫天牛，还有在古代原始人村落的遗址上发现的一万两千多年前人类制作的用于巫术的木头。而所有人始终就科研成果在进行着讨论和辩论。

在20世纪30年代末40年代初，报刊上开始出现关于日本文化生活的报道（很多民族志性质的文章都发表在杂志《东方观察》上）。在俄罗斯作家的文学作品中（主要是诗歌）有时会出现有关日本的主题：细茎的菊花，弯曲的松枝，湖中的银鱼，盛开的樱花，飞翔的仙鹤。典雅的和服、艳丽的油伞、灯笼、人偶和日本寺庙的节日，这一切都出现在哈尔滨20世纪三四十年代的生活中。但我认为，这些都像是另一个微观世界，它是隐藏在严酷政权下的真实世界。

汉学家为俄罗斯人与中国人之间的文化交流与发展做出了巨大贡献。他们不仅掌握了汉语口语，还精通书面语，众所周知，掌握这些都需要付出很多努力和耐心。戈·瓦·梅列霍夫精通汉语，在其著作《满洲——远在天边，近在眼前》一书中提到了哈尔滨著名的汉学家：彼·弗·什库尔金、伊·加·巴拉诺夫、亚·弗·斯皮岑（А.В.Спицын）、伊·亚·多布罗洛夫斯基（И.А.Доброловский）等，还有德高望重的学者亚·彼·希奥宁（А.П.Хионин）、康·弗·乌斯片斯基（К.В.Успенский），而谢·尼·乌索夫（С.Н.Усов）不仅是著名的汉语教育家，还编撰了许多词典和教科书。在哈尔滨年轻一辈的汉学家中还有谢·弗·涅维罗夫（С.В.Неверов）和艾·康·卡塔伊（Э.К.Каттай）。

彼·弗·什库尔金和伊·加·巴拉诺夫的译著单行本，包括中国传说和童话故事以及当代小说等向读者介绍了中国人民的文化精神世界。雅·阿拉金（Я.Аракин）是哈尔滨最初翻译中国古典诗歌的人，他在1926年出版了《中国诗歌》。在随后几年里，在《边界》和其他杂志中能读到亚·尼·谢列布列尼科娃（А.Н. Серебренникова）、尼·斯维特洛夫（Н.Светлов）和瓦·别列列申翻译的诗歌。别列列申作为诗人和翻译家值得特殊说明一下。

瓦列里·别列列申[1]，哈尔滨和上海的著名诗人，精通汉语，翻译了中国诗歌黄金时代（唐朝，公元618—907年）许多诗人如李白、张继、王维等的作品。此后，他去了巴西，在那里他出版了2个单本——中国诗选集《扇子上的诗歌》（1970年）和长诗《离骚》（1975年）。在俄罗斯，1990年第3期的《远东问题》杂志上，发表了由他翻译的中国著名哲学文化里程碑作品《道德经》。

侨民文学评论家瓦西里·别塔基（Василий Бетаки）在1987年出版的《30年的俄罗斯诗歌：1956—1986》一书中这样写道："别列列申是俄罗斯文化内在特质的一个象征：敞开胸襟拥抱世界所有文化，用最本质固有的方式挖掘和吸收它们独特的营养。当他翻译中国诗歌时，他便能够神奇般地融合中国和俄罗斯诗歌的传统……"

别列列申认为中国是他的第二故乡，这表现在他的很多首诗歌里。中国独一无二的现实生活，在许多旅行家和文学家眼中只是转瞬即逝的新奇象征，而在诗人眼里却是个丰富的形象，有着自己的完整的哲学思想：中国的拱桥，莲花，与中国历史有关的遗迹，松林中隐藏的"世纪的沙沙响声"。他对中国这样写道：

---

①瓦列里·别列列申（原名：Валерий Францевич Салатко—Петрище），1913年生于伊尔库茨克。童年时来到哈尔滨，在此上学。14岁开始发表作品。此后，加入文学艺术小组"丘拉耶夫卡"，在多家远东报刊上发表作品。在哈尔滨共出版了4本自己的诗集和1本英国诗人柯尔律治的《老水手的故事》译作。曾在北京、天津、上海等地居住，从事汉语研究和翻译工作。1953年前往巴西定居，直至1992年去世。他一生著作颇丰。

……世间本有大泽，那是浩渺的碧泊！
如娩后的慈母敞开胸襟，满怀柔波。
而我之于她，是一线痛苦与耻辱的细流，
蜿蜒着流向她，汲取那份平静，融入她的寥廓。

1968 年，已经身处巴西的别列列申出版了自己的诗集《南方的家》，书中的诗歌充满了对中国主题抒情和怀乡的诗歌。他写道：

你穿过小巷，走到拱桥旁，
那里曾是我们经常告别的地方……
永别了，
一去不复返的幸福时光！
这样的结局我早已知晓：
当我离世的那一天——我一定重返中国，
我灵魂安息的故乡！

别塔基这样评价，这就是俄罗斯人的本质，在“吸收其他文化的精髓”的同时，还能够保持俄罗斯人的本性。别列列申再一次证明了这一点。他在巴西居住的 30 年间，不仅翻译当地的作品，并且还用葡萄牙语写诗。

让我们来回忆一下诗人在著名的诗歌《迷路的阿耳戈英雄[①]》

①译者注：古希腊神话中阿耳戈英雄同伊阿宋一道乘快船“阿耳戈号”去科尔喀斯的阿瑞斯圣林取金羊毛。

中描写自己的诗句吧。

……我不知道，自己的世界并不宽广，
没有俄罗斯的歌儿，引人深思让我向往，
我只会慢慢地变老，
让饱食终日把我的生命消耗。

而现在，那来自久远的召唤
　是家的声音向我的灵魂呼喊，
如果《伏尔加》这自由的词语
乘上电波回荡在霄汉。

为何信仰、口号、旗帜和真理
成了施压的沉重负荷？
我是彻头彻尾的俄罗斯人，
迷路的英雄阿耳戈。

瓦列里·别列列申，他的身上充分体现了俄罗斯文化非同寻常的开放性，这一本质特征在他的身上也表现得十分耀眼。难道不是吗？这个本质特征也可以在很多其他的哈尔滨作家的文学作品中找到共鸣，那里随处都有对中国精神和物质文化的点滴描写，当然还有它的大自然。阿恰伊尔笔下“水果和钉子混在糖果中卖”的中国小商铺，或是“令人难受的烟味”“杭州沉迷在花丛中，在昏昏欲睡中叹息……”。利吉亚·海因德洛娃在她的诗歌《中国耕地》中表现了中国古人祭祀的民间智慧:"小心翼翼地在耕田中行走:你的祖辈在这里安息,坚韧地爱护着你的庄稼。"弗·斯洛博奇科夫在中国凄凉的歌声中听出了人们的忧伤:"在隔壁漆黑的房子里,中国式的简单琴弓急促地演奏着关于忠诚、关于甜蜜、关于倦怠的曲调,那是些幸福而不孤单的人。"而尼古拉·斯维特洛夫单一题材的小剧本描写了在大街上都能够遇到的很有意思的典型角色。在中国居住过的人都知道,大街上的能工巧匠娴熟飞快地在观众面前捏出一个个鲜活的形象——军人、商人、美人和老人等等。俄罗斯的诗人这样写道:

……人偶在世的时间不长……
值钱五元,活命两天。
很快干瘪——就被丢进垃圾场,
只为流浪汉取乐,用烟头点燃。

人偶来自面团,恰似您的命运多舛。
——人们的命运就是这样黑暗。
我们的生活代价高昂,
这后娘给我们的生活却更加艰难。

当然,俄罗斯文学工作者们的很多关于中国的深刻印象都是在周游全国时留下的。他们的作品以随笔和游记的形式在当地的报刊上发表。如阿尔弗莱德·海多克的《东方之心》、弗·尼·伊万诺夫的《北京》、彼·拉彼肯的《四个城市》等等。在这些游记中,俄罗斯作家们不仅描述了他们的所见所闻，还尝试着理解自己内心里获得的印象，用更鲜明的色彩来表现这个古老国家的生活画面。

哈尔滨年轻一代的诗人叶莲娜·弗拉季用诗歌的手法描绘了她游访的普陀山古寺，那是中国佛教信徒朝圣的地方。

……至今我还梦见骇浪惊涛，
禅堂传来的锣声和普陀岛的寺庙，
黎明前的蓝色暮霭缭绕笼罩，
我触到了伟大的秘密——“道”。

在岩石上的寺庙，
和神秘的佛教僧寮，
夜晚的巨浪拍打着峡谷岸礁，
矮小的修道小屋里也回荡着浪涛。
僧侣整夜都在敲锣，
随声附和幽幽祈祷。
诵经时不停地摆动着的，
是他们琥珀般的黄色僧袍。
……
眯着的眼睛里隐藏着世界的奥妙，
陡峭的山壁上青藤缠绕。
那里埋藏着所有圣灵的智慧，
至今无人知晓。

俄罗斯文学家介绍的有关中国文化的作品和影响巨大的研究中国文化的作品，还可以列举很多，但在这本探讨哈尔滨俄罗斯人多层面文化生活的小书中是不可能一一列举的。希望这些连接两个民族的遥远历史的桥梁能够继续作为研究的课题被专家重视并得以挖掘。这不仅仅是俄罗斯专家的事。毕竟世界上任何一座桥,无论是现实中的桥还是想象中的桥,都能够连接彼此,使人心心相印。

后　记

在我的书桌上摆放着祖国和外国出版的杂志、剪报和信件，有新西伯利亚的哈尔滨人协会出版的《哈尔滨》杂志，以及澳大利亚出版的《工大人》——这本杂志20多年里发表了多篇记录“俄侨的哈尔滨”的有趣见闻的文章和多张照片。还有澳大利亚哈尔滨青年基督会学校毕业生联盟出版的《朋友致朋友》，在美国出版的有关哈尔滨文学家的俄文报纸和杂志的剪报和复印件。此外，还有一些新收集到的资料，包括生活在美国和以色列的哈尔滨人对在新西伯利亚出版的文选《哈尔滨——俄罗斯之树的一个分枝》的评论、分布在波兰3个城市的哈尔滨人协会的徽章……

我情不自禁地想：哈尔滨是一个多么丰富多彩的城市啊！在祖国举办的三代同胞国际研讨会上，肯定会碰到哈尔滨侨民，就足以证明这一点。

它的多面性还体现在俄罗斯哈尔滨人的命运里。对于中东铁路员工的后代来说，哈尔滨是他们美好童年的化身。他们大都在1935年返回苏联，经历了“大清洗”的痛苦，如今已经年逾古稀。当然，在有些侨民孩子的记忆中，哈尔滨只是一个小车站，人们提着箱子，拎着包裹……抑或是一个临时的，且不是最好的驿站而已。而那些被列车“带走”，随后遭受“清洗”，到1956年又开始了新生活的人，又是怎样回忆哈尔滨的呢？在战争结束后，年轻的小伙子们都渴望尽快回到祖国，他们步行越过边界回国，当然就触犯了法律条款。有成千上万的俄罗斯人在1954—1955年利用参加垦荒的机会返回了祖国。还有那些离开哈尔滨去了遥远的异国他乡的俄侨，他们是否还会用同样的眼光看待过去呢？而那些在有生之年亲眼看到中国当代哈尔滨的俄罗斯老人，他们又有什么样的体会和情感呢？

在这个形形色色人组成的“同乡会”里，还有与哈尔滨息息相关的一些人，他们每个人都有着极不平凡的命运。他们就是在俄罗斯学校上学的那些朝鲜人和中国人。如今，他们要么散居在各自祖国的各地，要么就居住在美国和俄罗斯（与他们交谈或阅读他们的书信，我不能不由衷地赞叹，他们的俄语讲得真棒）。

与此同时，中国的哈尔滨在沿着自己的轨迹前行。今天的哈尔滨已经是一座拥有数百万人口的现代化大都市，城区广阔，放眼望去到处是自行车的洪流[①]和森林般拔地而起的高楼大厦。此时，人们是否还会想起它的过去，想起这里还曾经生活过俄罗斯

①译者注：1994年，本书在俄罗斯出版的时候，自行车还是中国城市的主要交通工具。

人？这里还有已经荒废了的东正教和其他宗教的教堂，还有那些已失去原貌的建筑的圆顶和尖顶……夹杂在新建筑的丛林里。它们看起来就像被波涛抛到海岸上的旧船，被遗忘在荒凉的沙滩上，被遗忘在遥远的岁月里。遗留在20世纪的建筑上的模糊字迹仿佛在向人们诉说着它们的过去，这里曾经是俄国的店铺或那里曾经是外国的公司。城里的居民与以前不同了，这里也发生了翻天覆地的变化，但这些历史的印迹竟然还没有消失。典型的19世纪俄国城镇的建筑主要集中在过去的埠头区。这里还有俄国工程师在20世纪上半叶修建的老工厂。当然，这里的一切都与铁路密切相关，而现在铁路的路基已经改建过了。著名的松花江铁路桥也因改建桁架失去了它最初的美丽轮廓。圣母帡幪教堂旁的俄罗斯墓地也已不复存在，就像哈尔滨郊区的老土坯房一样被拆除了。

中东铁路的修建对一片蛮荒之地的建设与发展起到了什么样的作用呢？我想，还是把这个全球性的历史和经济问题留给专家去分析吧。（这样的文章已经有人写了，我在本书开头就提到了）现在，我们还是来关注另外一个问题吧！我们不禁要问：在中国的这片天空下，那些俄罗斯人创造的文明痕迹，那些精神食粮和物质财富都遗失到哪里去了呢？难道那份带给所有俄罗斯侨民精神体验的物质财富，都不复存在了吗？

不，那段生活的物质见证还是有的，比如文集、报纸、杂志、科技文献、画卷等等，虽然它们散落在世界各地，也包括俄罗斯的藏书库和个人收藏。精神的力量——凡是人们拥有的专业技能、知识和天赋，全部被卷入了时代的洪流，就像当年从俄罗斯来到这里一样，而今又从这里飞散开来，播撒到世界各地。高水平的工程师、专家学者和艺术创作者们不仅融入了俄罗斯，还融入到了澳大利亚、美国、巴西等国家的知识界。这里无法用简短的篇幅来描绘他们，那是需要写一本新书的。

在写这本书时，我不禁想到了一个问题：在二战结束后，为什么不是所有的人都从哈尔滨这个“古老俄罗斯文化的小岛”返回到自己的祖国？事实上，这是个很复杂的问题，不可能有简单的答案。但在阅读那些回忆录并与我的同胞们交流后，我自然就得出了某些结论。

叶卡捷琳堡的导演鲍里斯·乌利茨基执导的影片《异乡》，讲述了上海俄侨（大多数人都在哈尔滨出生和接受教育）于 1947 年返回苏联后的命运。他们的命运，如同铁路出售后被遣送回国的中东铁路员工的命运一样悲惨。1945 年，被遣返的数万名哈尔滨俄侨也遭受了同样的命运，这在心理上促使人们外流到其他国家。然而，人们的命运各有不同。由于年龄和健康的原因，并不是所有人都能决定离开哈尔滨去参加垦荒运动……

就是这个复杂多样的“俄侨的哈尔滨”，是它改变了无数人的命运，并最终将他们抛到了世界各地。凡是和这个已经消失的文明有关联的人都会记得哈尔滨，他们的聚会、书信和回忆录都可以证明这一点。怎么能不记得它呢，这个神奇的城市，这个俄罗斯工程师们用他们天赐的禀赋和力量在中国的土地上缔造的城市！老一辈的侨民为这个如今蓬勃发展的先进地区注入了最初的勃勃生机，使它积蓄了强大的力量，充盈了丰厚的知识；而“俄侨的哈尔滨”的年轻一辈滋养了它，使之成长壮大。这是“俄侨的哈尔滨”

的伟大贡献，它的功绩不应被忘记。如同它自己的历史中所蕴含的那种精神——那种与生存做斗争的、竭尽全力保护和传承民族文化的精神—— 一样，不应该被忘记！

读者可以确定的是，这本小书里所陈述的一切，不仅来自作者及其家人的回忆录，还来自命运与哈尔滨息息相关的、与作者同龄的许多见证者的讲述和著作。在此，我对所有作者的支持和帮助表示真诚的谢意，特别感谢照片提供者：伊·穆欣、弗·阿布拉莫夫斯基、亚·金加尔、德沃尔日茨卡娅、弗·阔姆拉托夫、亚·科勃采娃、瓦·别洛乌索娃、戈·康涅伯格等。十分感谢弗·斯洛博奇科夫和尼·弗·阿尔奇舍夫斯基对本书的出版提出的宝贵意见。

1994 年于莫斯科